COUR D'ASSISES DE LA SEINE
29, 30 et 31 Mai 1899

AFFAIRE

DÉROULÈDE & MARCEL HABERT

PLAIDOYER

DE Me OSCAR FALATEUF
Ancien Bâtonnier

POUR PAUL DÉROULÈDE

MACON
PROTAT FRÈRES, IMPRIMEURS

1899

(N'est pas mis dans le commerce.)

Cour d'assises de la Seine
29, 30 et 31 Mai 1899

AFFAIRE

DÉROULÈDE & MARCEL HABERT

PLAIDOYER

De Me Oscar FALATEUF
Ancien Bâtonnier

Pour PAUL DÉROULÈDE

MACON
PROTAT FRÈRES, IMPRIMEURS

1899

MM. Paul Déroulède et Marcel Habert, tous deux députés, ont été arrêtés le 23 Février 1899, à Paris, dans la cour de la caserne de Reuilly, à la suite de troubles qui, de ce côté, avaient marqué la fin de la cérémonie des obsèques de M. le Président de la République Félix Faure.

Après une détention et une instruction, qui durèrent plus de trois mois, MM. Déroulède et Marcel Habert ont été renvoyés devant la Cour d'assises de la Seine, sous la prévention :

1° D'avoir provoqué directement à un attentat dont le but était de détruire ou changer le Gouvernement — crime contre la sûreté intérieure de l'État, prévu par les articles 87 et 88 du Code pénal ;

2° D'avoir adressé à des soldats des armées de terre des provocations dans le but de les détourner de leurs devoirs militaires et de l'obéissance qu'ils doivent à leurs chefs, dans tout ce qu'ils leur commandent pour l'exécution des lois et des règlements militaires — délits prévus par les articles 24, § 3 ; 23, 25, 46 et 49 de la loi du 29 juillet 1881 et 12 décembre 1893.

L'affaire a été appelée aux audiences des 29, 30 et 31 mai 1899, sous la présidence de M. Tardif, conseiller à la Cour d'appel, en présence de M. Lombard, avocat général, tenant le siège du ministère public.

Me Oscar Falateuf, ancien bâtonnier de l'Ordre des Avocats, a plaidé pour M. Paul Déroulède. Me Bertrou et Me Reullier ont plaidé pour M. Marcel Habert.

Le verdict du jury a déclaré les accusés non coupables.

PLAIDOIRIE DE Me OSCAR FALATEUF

Messieurs de la Cour,

Messieurs les Jurés,

Le 6 janvier 1883, l'Avocat qui a l'honneur de prendre n ce moment la parole devant vous — alors Bâtonnier de on Ordre — marchait à côté du cercueil de Gambetta pour ui rendre un dernier hommage et lui adresser, au nom de es confrères, les suprêmes adieux.

Il termina son allocution par ces mots :

> *Pro patrià!* Tel doit être le sens de cette solennelle journée. N'est-ce pas d'ailleurs le meilleur éloge à faire de celui qui n'est plus? « Oui, tout pour la patrie, écrivait « un jour Gambetta. Tout pour elle! Il faut l'aimer sans « rivale. Patriote avant tout! Je ne mets rien au-dessus de « ce titre! » — *Pro patrià*! Voilà le dernier mot de notre adieu, Gambetta.

Ce sera le premier mot de ma défense pour Déroulède.

Cette défense, Messieurs les Jurés — vous le comprenez près les audiences auxquelles vous venez d'assister — ne eut avoir désormais rien de commun avec les plaidoiries abituelles à la Cour d'assises.

D'une part, les faits matériels sont avoués et reconnus u delà même des limites dans lesquelles M. l'Avocat général a circonscrit ses réquisitions : Je n'ai donc pas à les liscuter, pour en atténuer le caractère.

D'autre part, les prévenus sont deux hommes de grand cœur, aux sentiments les plus élevés, aux aspirations les plus nobles et dont la vie doit s'offrir bientôt à vos regards dans le cadre d'une admirable unité.

D'autre part encore, leur révolte a été inspirée par la plus généreuse des indignations, au spectacle de la France livrée à un groupe d'hommes qui, à leurs yeux, disposent d'elle depuis plus de vingt ans, comme de chose leur appartenant, l'exploitant et la déshonorant au dedans, la laissant faible et humiliée au dehors. J'aurai donc à vous dénoncer le mal, tel qu'il leur est apparu et à rechercher avec vous si leur indignation a été légitime.

Puis, j'aurai à vous dire comment, en face de l'arrogance et de l'aveuglement de ces mêmes hommes, Déroulède et Marcel Habert ont cherché le salut dans la pensée d'une action commune du peuple et de l'armée, se portant en avant, sans effusion de sang.

Enfin, je vous dirai leur insuccès, ses causes et le jugement qu'il convient d'en porter !

Fasse Dieu que, sachant m'inspirer, comme il convient, des grandes et fortes émotions qu'a fait naître en nos cœurs l'audience d'hier, je sois à la hauteur de ma tâche et qu'en défendant la cause de deux de ses enfants, ma parole ne soit pas trop indigne de ma vraie cliente : la Patrie !

« *C'est l'amour de la France et la haine du Parlementarisme, qui ont dicté mes résolutions* », répondait Déroulède à M. le Juge d'instruction, au début de son premier interrogatoire.

Déroulède aime en effet la France comme Gambetta voulait qu'on l'aimât : sans rivale !... Tout ce qui la grandit, l'exalte ; tout ce qui tend à l'abaisser, l'exaspère. Il ne vit que par elle et pour elle ! Je disais un jour dans une autre enceinte (pourquoi ne le répéterais-je pas ici ?) : « *Il a la folie de la Patrie comme d'autres ont la folie de la Croix.* » Depuis 1870, il s'est donné à elle tout entier ; il ne se reprendra jamais !

Cet amour l'a saisi, dès ses premières années, au foyer même de la famille, et il a pu justement dédier ses *Chants du Soldat :*

« A ceux qui m'ont appris à aimer mon pays !
A mon père, à ma mère ! »

Sa mère... N'est-ce pas elle qui, en 1870, au lendemain du jour où Paul Déroulède, lieutenant de mobiles au camp de Châlons, avait rendu ses galons pour ne pas rentrer dans Paris et s'était engagé simple soldat au 3e zouaves pour marcher à l'ennemi — n'est-ce pas elle qui conduisit son second fils au campement de La Neuville, et qui, s'adressant à celui qui devait être le glorieux général Hervé, lui dit, en vraie Romaine, ces simples mots que le général vous répétait hier : « *Commandant, vous avez mon* « *fils aîné, je vous amène le second. Si j'en avais un troisième,* « *je vous le donnerais aussi.* » André avait 17 ans !

La mère repartie, la scène change, mais si noble encore et si touchante que je ne puis résister au désir de vous la décrire en quelques mots :

On est à Sedan : les deux frères se battent à côté l'un de l'autre, lorsqu'André tombe frappé d'une balle dans la poitrine. Il vomissait le sang à pleine bouche. Paul veut le relever ; mais son précieux fardeau l'entraîne. Ses camarades en déroute le perdent instantanément de vue, et le soir on racontait que « les fils à la mère » (c'est ainsi qu'on les appelait depuis la halte de La Neuville) étaient tués.

Cependant, André put être transporté à l'ambulance du docteur Castaing, et Paul, le lendemain matin seulement, fut séparé de lui, emmené comme prisonnier par une patrouille allemande.

Il pleurait, quand passant devant un jeune officier saxon, il entend ces mots dits en français : « *Qu'est-ce qu'il a, ce « soldat? Est-ce qu'il est blessé?* — *Non*, répond Déroulède, « *mais j'ai à l'ambulance mon frère, un enfant de 17 ans, « et on me sépare de lui.* — *Moi, aussi*, lui répond le jeune « officier : *j'ai un frère à l'armée et je comprends votre « peine. Retournez à l'ambulance, je vais voir si je puis « quelque chose pour vous.* »

Peu de temps après, il revenait avec le commandant de place : « *Je ne peux pas*, disait ce dernier ; *nous ne prenons « pas de soldats prisonniers sur parole.* — *Mais*, dit « Déroulède, *il y a huit jours j'étais officier* », et il tire de sa veste de zouave son brevet de lieutenant de mobiles : « *Voilà ma parole d'officier!* » Le jeune Saxon insiste, et le commandant consent : il est convenu que Paul Déroulède restera près de son frère jusqu'à ce que l'ambulance soit évacuée, et, sur l'honneur, il s'engage à se rendre ensuite à Berlin.

L'ambulance était évacuée huit jours après sur la Belgique, et là, un des aides de camp du roi, le général baron Prisse, s'intéressant aux deux frères, voulait retenir l'aîné, en obtenant de lui l'engagement de ne pas porter les armes contre l'Allemagne pendant toute la durée de la guerre. Déroulède refusa, rappelant la parole donnée, et partit pour Berlin d'où il fut envoyé au fond de la Silésie, à Breslau.

Il y resta le temps nécessaire pour y apprendre le peu d'allemand dont il avait besoin pour mettre à exécution ses projets de fuite. Puis, le jour venu, laissant au commandant de la forteresse sa carte avec le respectueux P. P. C., il put, après mille péripéties, gagner la frontière autrichienne d'où il rejoignit Tours, afin de se mettre à la disposition de Gambetta.

Le général de Loverdo, qu'il rencontra en arrivant, voulait lui donner les galons de sergent. Gambetta, plus généreux, lui offrit le grade de capitaine, et Déroulède lui objectant son insuffisance relative : « Allez, allez, lui répondit le Dictateur, avec cette voix ronde et chaude que j'entends encore, j'en ai nommé bien d'autres qui en savent moins que vous. » C'était bien possible ! Néanmoins, on transigea à sous-lieutenant, et Déroulède fut envoyé à l'armée de la Loire, comme sous-lieutenant, à titre auxiliaire, aux Tirailleurs algériens. Presque immédiatement, il était détaché sur l'armée de l'Est.

Il y était depuis quelques jours à peine que déjà il avait fait siens ses noirs soldats. — « Le grand Parisien » était devenu pour eux un Marabout. Malgré ses incessantes témérités, « *sur lui les balles tapir, rebondir, jamais cassir* ». Telle était la légende !

Aussi, avec quel vaillant entrain, le 15 janvier, à Montbéliard, cinquante d'entre eux, pris parmi les plus solides, suivaient-ils leur jeune chef, parcourant derrière lui, corps et fusils rasant la terre, un espace de près de 1.000 mètres, balayé par le feu de l'ennemi. Le peloton entra dans la ville, s'y maintint, et, le soir, Déroulède représentait vingt hommes sur les cinquante qu'il avait emmenés !

Il était, le lendemain, cité à l'ordre du jour de l'armée pour ce beau fait d'armes et recevait, le 13 février 1871, la croix de la Légion d'honneur.

Regardez-la, Messieurs !

La guerre terminée, Déroulède part pour l'Algérie, y chercher son frère, à peine remis des suites de sa blessure.

Mais Paris est en feu ! La Commune y exerce ses ravages et l'on peut craindre que ce suprême affront nous soit réservé, voir les Allemands, après nous avoir vaincus, faire la police et rétablir l'ordre chez nous.

Déroulède revient à Paris, et sous l'uniforme d'officier de turcos, qu'il n'avait pas encore eu le loisir de quitter et qui faisait de lui une vraie cible vivante au milieu des sombres uniformes de chasseurs (c'est le général Lanes qui en a déposé), il combat de nouveau. Une barricade est à prendre : « *On ne fusille pas une barricade*, dit-il à l'officier qui « commandait. *On la prend! — Je voudrais bien vous y* « *voir*, lui est-il répondu. — *Soit*, riposte Déroulède. » Et, faisant appel à son peloton de chasseurs, il s'élance, l'épée dans la main droite. Au sommet de l'édifice de pierres, il saisit le drapeau rouge de la main gauche. Un coup de feu, au même moment, lui casse le bras. Mais la barricade était prise!... « *J'ai plus d'une fois béni cette blessure*, me disait- « il ; *elle m'a permis de n'assister à aucune exécution.* »

Après une longue convalescence, durant laquelle il écrivit ses *Chants du Soldat*, qui parurent le 1er janvier 1872, il revint à son régiment, et en 1874 il était proposé pour le grade de lieutenant, le premier sur la liste des 800 nouveaux promus.

Vous rappelez-vous, Messieurs les Jurés, avec quelle émotion communicative M. le général de Monard vous disait hier ce qu'avait été Déroulède comme officier en temps de paix : son esprit de discipline, son dévouement aux plus humbles soldats et le culte qu'ils avaient voué à leur lieutenant.

Il resta officier jusqu'au jour où un absurde accident de cheval, en lui fracassant le pied gauche, le jeta hors de l'armée. Au lieu de se laisser mettre en réforme, il donna sa démission. Vienne la guerre! L'officier démissionnaire, plus heureux que l'officier réformé, devait retrouver immédiatement sa place devant l'ennemi.

Son frère André, de son côté, était rentré au collège, la médaille militaire sur la poitrine. Il y reprit ses études pour arriver à l'École Polytechnique et en sortir officier d'artillerie.

Il le devint en effet, fit la campagne de Tunisie, et à vingt-huit ans il était capitaine.

A quelles hautes destinées n'était-il pas réservé, sans la cruelle maladie qui brisa sa carrière!

Voilà les deux frères!

Suivons maintenant l'aîné pour ne plus le quitter.

La guerre n'avait laissé dans le cœur de Paul Déroulède qu'une indomptable énergie et un amour plus violent encore que par le passé pour cette terre de France désormais mutilée.

Il s'est peint lui-même à cette époque (et jamais portrait ne sera plus ressemblant) dans ces quelques vers :

« Je vis, les yeux fixés sur la frontière
Et, front baissé comme un bœuf au labour,
Je vais, rêvant à notre France entière,
Des murs de Metz au clocher de Strasbourg.

Depuis dix ans, j'ai commencé ce rêve :
Tout le traverse et rien ne l'interrompt ;
Dieu veuille un jour qu'un grand Français l'achève :
Je ne suis, moi, qu'un sonneur de clairon. »

Mais il ne fut pas longtemps sans s'apercevoir que la Nation, après tant d'épreuves, n'était peut-être plus, dans son ensemble, ce que son cœur de patriote avait rêvé ; et que la défaite, en amollissant nos cœurs, nous avait coûté peut-être plus cher que les deux provinces perdues et les cinq milliards payés. Il crut que le mot de Gambetta, tant de fois répété par allusion à l'Alsace et à la Lorraine : « *Y penser toujours, n'en parler jamais,* » avait été sans doute d'une application dangereuse, et que plus d'un, en n'en parlant jamais, avait fini par n'y plus penser.

Il hésita et douta de lui-même.

Il reprit alors sa plume, mais pour lui demander de dire encore ses tristesses et ses espérances.

Ses *Nouveaux Chants du Soldat* datent de cette époque. A cette époque aussi se place sa grande pièce de l'*Hetman*, faite tout entière de dévouement à la Patrie, d'espoir en des jours meilleurs, d'amour du pays dominant et absorbant tout autre amour, de dédain pour la mort. Le général Bourbaki a jugé cette œuvre d'un mot : « *Oratio pro patriâ.* »

Mais voilà que Gambetta arrive au ministère et que toutes les espérances refluent au cœur de Déroulède. Gambetta, qui l'avait vu de près et qui l'aimait, l'appela à lui, en plus d'une circonstance; on retrouverait sans peine les lettres échangées à cette date. En 1882, Gambetta le nommait membre d'une commission d'éducation militaire à côté du peintre illustre et du grand Français qui a nom Detaille.

De cette commission, je n'ai rien à vous dire, sinon que l'idée n'en plaisait pas à Jules Ferry, qui avait succédé à Gambetta, et qu'elle prit fin sur ce mot de Déroulède :

« Vous voulez faire une nation sans esprit militaire, comme vous « avez déjà tenté de faire une nation sans esprit religieux; c'est « trop de deux! je me retire. »

Le lendemain, des hommes considérables venaient le trouver, lui demandant de mettre en pratique, en dehors de tout concours gouvernemental, les idées et le système d'éducation militaire qu'il avait tracés devant la Commission. Ces hommes, c'étaient, entre autres, Félix Faure, Carnot, Henri Martin et Gambetta lui-même.

De là, la Ligue des Patriotes!

Qu'il me suffise de vous dire, à son sujet, que c'était une

réunion d'hommes vaillants, au cœur chaud, décidés à tout faire pour ranimer le foyer mal éteint de nos colères nationales et de nos espérances patriotiques.

Le succès fut immense : Près de 300.000 adhérents approuvèrent le programme de la Ligue, précisé par ces quelques mots de Déroulède :

« Républicains, bonapartistes, orléanistes, légitimistes, ce ne « sont chez nous que des prénoms. Patriote est le nom de fa- « mille. »

Mais, en 1883, Gambetta mourut !

Ce fut pour Déroulède une profonde douleur : douleur intime et personnelle, car il aimait l'ancien dictateur ; douleur patriotique, parce qu'il savait tout ce que la France perdait en lui et à qui sa mort allait nous livrer.

Écoutez, pour comprendre son cri de douleur, le cri de sa colère, en 1882, quand la Chambre venait de renverser Gambetta :

« Non, non ! Ils n'ont rien vu, rien regardé qu'eux-mêmes,
Ce sont leurs intérêts qui sont leurs seuls problèmes.
L'État français n'est rien pour ces esprits mesquins ;
Ils ont même érigé sa faiblesse en système,
Ces nouveaux féodaux des temps républicains !

Mais, vas ! ta route est bonne, et la leur est mauvaise :
La leur, sans but commun, conduit au désarroi ;
Il faut qu'en la suivant on piétine ou qu'on biaise,
Et pour quiconque tend à la grandeur française,
L'obstacle, ce sont eux. Le Ralliement, c'est toi ! »

Au lendemain de cette mort, l'avenir, aux yeux de Déroulède, s'était assombri au point de devenir presque insaisissable. L'appui sur lequel il avait si fermement compté lui faisait subitement défaut. On commençait à sourire de ses enthousiasmes, comme on sourit des choses passées de mode ; quelques-uns s'en irritaient!

Il se demanda alors, non sans angoisses, s'il ne s'était pas laissé aller jusque là à de folles et décevantes conceptions — si l'heure du relèvement rêvé au dehors avait réellement sonné et si la Grande Blessée n'était pas atteinte d'une de ces maladies semblables, par leurs effets, à celles qui parfois rongent lentement le corps humain, jusqu'au jour où elles l'envahissent tout entier et le tuent !..

Oh ! je le sais, plus d'un, de bonne foi, beaucoup, de parti pris, ne voudront jamais voir dans Déroulède que le poète des *Chants du Soldat*, que l'officier de 1870, que le soldat affolé de l'implacable revanche.

Qu'ils m'entendent bien : ils se trompent ! J'affirme et combien pourraient l'affirmer avec moi que du jour (et nous y arrivons) où il a été convaincu qu'il fallait, avant tout, lutter contre un ennemi intérieur et sauver la France d'elle-même, le silence s'est fait dans son cœur sur cette revanche tant rêvée ; le flambeau a paru s'éteindre, et la main qui l'avait agité fiévreusement jusque là s'est volontairement abaissée.

Est-ce vrai, Déroulède ?

∴

En 1889, le département de la Charente l'envoya siéger à la Chambre.

A cette époque, l'existence et la gravité du mal intérieur dont souffrait la France ne faisaient doute pour personne : Le mouvement Boulangiste se développait dans toute son intensité, et s'il ne m'appartient pas d'en faire l'historique, je crois du moins pouvoir dire que de telles agitations ne se produisent pas sans des causes sérieuses et sans un profond malaise.

On oublie vite en France, et pourtant a-t-on oublié l'immense popularité qui, du jour au lendemain, s'est emparée de cet homme presque inconnu la veille ; les légendes qui se sont formées autour de son nom ; les insomnies qu'il a causées au gouvernement d'alors ; sa disgrâce suivie d'apothéose à la gare de Lyon ; la population se massant devant la locomotive qui devait l'éloigner de Paris ; quatre départements l'acclamant à la fois ; enfin l'aspect de Paris dans la soirée du 27 janvier 1889, alors que 250.000 voix venaient de proclamer Boulanger son élu ?

Qui a oublié ces heures pendant lesquelles on put légitimement croire qu'une simple poussée allait le porter de la place de la Madeleine à l'Élysée et en faire le chef acclamé de l'État ?

Que l'homme ne fût pas à la hauteur du rôle qu'il avait accepté, cela est possible ! Mais ce qui intéresse ma cause, c'est de constater que ce rôle s'est en quelque sorte offert à lui et que Boulanger est apparu comme un sauveur. On ne saurait nier l'évidence, même quand elle vous blesse !

Déroulède a pris une part des plus actives à ce mouvement, et il la revendique hautement. Il a aidé de toutes ses forces à la popularité du général et il a groupé autour de lui tous les contingents dont il pouvait disposer. Il avait repris si complètement foi dans l'avenir ! Depuis la mort de Gambetta, l'incertitude du lendemain et l'incohérence de ceux qui croyaient gouverner étaient devenues si manifestes ! Le Parlementarisme lui semblait si près de sa chute, et il attendait comme si prochaine l'heure où le peuple, redevenu maître de ses destinées, disposerait, sous la forme immuable de la République, du choix d'un chef qui représenterait désormais la France et non plus seulement les volontés et les appétits d'un groupe de politiciens !

Tout lui commandait d'espérer !

Aussi, avec quel élan disait-il au général :

« Mon dévouement est en raison directe du besoin que j'ai de « vous. Un homme qui sert sa cause comme je sers la mienne « depuis vingt ans ne peut pas être suspecté d'ambition person- « nelle. Je n'ai qu'une ambition nationale ! Je cherche le bien du « peuple et, en ce moment, je ne vois que vous qui puissiez le « lui donner. Marchez avec confiance ! La popularité que j'ai « contribué à vous faire est d'ailleurs la meilleure arme de « combat... »

Vous savez le reste, Messieurs les Jurés ! Vous savez l'effondrement de toutes ces espérances ! Vous savez comment l'amour d'une femme a été plus fort que l'amour de la France et comment le général (c'est mon sentiment personnel que j'exprime ici !) n'a pas même su racheter son impardonnable faiblesse en consacrant du moins sa mort à sa cause et à son pays !

La mort de Boulanger exalta chez les Parlementaires qui l'avaient combattu la confiance que son apparition avait si profondément troublée ! Ils se crurent définitivement nos maîtres... Hélas ! ils l'étaient en effet, et ils allaient pouvoir, sans retenue désormais, étaler leur arrogance et leurs audaces.

Le moment est venu de montrer ce qu'ils ont fait de la France.

Je pourrais le dire immédiatement et d'un mot : Ils en ont fait leur chose.

Mais serrons la vérité de plus près : La question est trop grave pour ne pas être abordée nettement, et comme je me défie de moi-même — j'entends par là des entraînements de a défense — j'ai voulu, en cette partie délicate et décisive de ma tâche, m'inspirer des jugements et des paroles mêmes de deux hommes qui ne sauraient être suspects à ceux que je combats : tous deux républicains incontestés, hommes d'un grand talent et d'une absolue loyauté, esprits d'une rare élévation, et j'ajoute (c'est essentiel pour ma démonstration) esprits modérés, au point qu'on est tenté souvent de leur reprocher leur modération : M. Méline d'abord, représentant les progressistes, le groupe le plus nombreux de la Chambre, et M. Barboux, notre éminent bâtonnier, président et leader de « *l'Union libérale républicaine* ».

Tous deux ont touché d'assez près, l'un d'eux surtout, aux choses de l'État, pour pouvoir en parler en fins et sûrs connaisseurs. J'aurai à les interroger plus d'une fois, et personne, je suppose, ne songera à s'en plaindre, surtout après les avoir entendus.

Déroulède vous a déjà expliqué comment la Constitution de 1875, dénaturée dans son principe et viciée dans son application, a été un instrument merveilleusement approprié par les Parlementaires à l'édification de leur détestable fortune.

« *C'est la royauté sans le roi,* » avait dit de cette Constitution M. de Laboulaye, lorsqu'il avait fallu faire accepter à un certain nombre de députés récalcitrants le mot de République qu'on voulait y inscrire.

Les plus habiles ne s'y sont pas trompés ; ils comprirent bien vite comme il leur serait facile, en l'absence d'un maître, de se tailler une part de quasi-royauté dans cette Pseudo-République.

Les événements les ont-ils servis ? Ou ont-ils eux-mêmes bien manœuvré ? car ils ne sont pas dépourvus d'intelligence, quand il s'agit de leurs intérêts. Quoi qu'il en soit, ils ont réussi et ils ont créé cette féodalité parlementaire qui nous opprime, d'autant plus redoutable qu'elle est irresponsable et anonyme.

Écoutez et jugez :

Ne sont-ils pas devenus les maîtres du Pouvoir exécutif en la personne du Président de la République, dont l'élection, exclusivement due à leurs suffrages, est la résultante nécessaire de leurs exigences combinées et de leurs compromissions? Déjà l'acte constitutionnel a si parcimonieusement mesuré au Chef de l'État sa part d'autorité que, malgré soi, l'esprit se reporte au souvenir ancien de l'amendement Grévy demandant la suppression de la fonction, comme celle d'un rouage inutile, jusqu'au jour où M. Grévy en fut lui-même investi. Mais, dans la pratique, on est allé plus loin encore et, pour le Chef de l'État, la vraie, la seule Constitution, c'est le Protocole!

D'aucuns pensent autrement et, le texte de la Constitution en main, ils y trouvent, au profit du Président, une série de droits dont l'énumération ferait croire qu'un chef existe et qu'il a tout autant de pouvoir qu'un roi constitutionnel.

Soit! Mais quel usage en fait-il? Des esprits malveillants ou chagrins ont prétendu que la caractéristique du régime sous lequel nous vivons, c'est la recherche et l'amour des médiocrités, de qui l'on n'a rien à craindre et de qui l'on peut tout obtenir.

Plus respectueux, je crois que si le Président ne fait rien, c'est qu'il ne veut pas se brouiller avec ses électeurs, et, franchement, il a bien raison, à en juger par les exemples de ceux qui ont voulu s'y prendre autrement.

Il en est jusqu'à deux que je puis vous rappeler :

Le maréchal de Mac-Mahon a prétendu, un jour, exercer dans toute leur étendue ses prérogatives constitutionnelles. On a objecté, je le sais, et on le répétait encore ces derniers temps qu'il avait alarmé l'opinion républicaine, « *qu'il s'y était mal pris et avait mal choisi l'occasion* ». Je l'admets ; mais il n'en exerçait pas moins un droit, et un droit qu'il tenait expressément de la Constitution. Or, vous rappelez-vous les injures qui, dès le premier jour et avant même que le Pays eût été consulté, lui furent prodiguées — les ridicules légendes dont son nom a été depuis le prétexte — le silence dédaigneux qui a enveloppé sa retraite, jusqu'au jour où, la Mort, ramenant toutes choses au point, nous avons vu Souverains et Généraux étrangers s'inclinant — qui devant leur vainqueur d'autrefois — qui devant leur vaincu d'hier — et saluant tous en lui le vaillant soldat de la France, le grand citoyen et le président intègre.

En attendant, le Parlementarisme avait eu raison du Pouvoir exécutif.

Tartufe n'a-t-il pas dit :

> « La maison est à moi ; c'est à vous d'en sortir. »

Il s'est cependant trouvé depuis (et c'est mon second exemple) un homme de haute intelligence, de franche énergie et de grand cœur, sorti, par un pur hasard, sans aucun doute, des urnes du Congrès : M. Casimir-Périer, lequel a cru, à son tour, qu'après tout il saurait bien être quelqu'un ou du moins quelque chose dans l'État dont on le disait le Chef. Or, avez-vous oublié l'accueil fait à sa crânerie ? Vous rappelez vous dans quelle fange, au lendemain de son élection, fut traînée sa famille, illustre cependant, et comment, au sortir d'une audience où la parole froidement enflammée d'un tribun parlementaire avait encore aggravé l'insulte, le Président de la République se retira sans avoir eu même à essayer du pouvoir. Aujourd'hui, on l'applaudit quand il paraît ; mais qu'importe ! Cette force n'en avait pas moins été brisée : Le Parlementarisme, une fois encore, avait triomphé de l'Exécutif.

Il n'en est plus d'ailleurs à compter ses succès...

Les Parlementaires tiennent encore l'Exécutif en la personne des ministres qu'ils font et défont au gré de leurs rancunes ou de leurs impatiences. Et comment vivent ces ministres d'un jour ? Que de fois n'avez-vous pas vu un ministère nouveau respectant les hécatombes de fonctionnaires faites par des prédécesseurs plus hardis, dans la crainte de s'aliéner l'indispensable appui des sacrificateurs et de leurs amis, et conservant ainsi, pour se défendre, ses ennemis les plus avérés. C'est une honte, n'est-ce pas, que le pouvoir accepté et conservé à ce prix ! Et pourtant, cela est : Écoutez ce qu'en disait publiquement M. Méline, le 25 février dernier, je crois :

« Le Pouvoir législatif ne laisse plus au Pouvoir exécutif la « moindre liberté de mouvement. Les ministères qui se succèdent « sont donc condamnés à vivre au jour le jour et à pratiquer une « politique d'expédient et de bascule. »

Les libéraux sont plus sévères encore, mais non moins justes. N'est-ce pas leur Président qui, le 11 mars dernier, s'écriait :

« La nation est lasse à la fin de voir les gouvernements se porter « d'un pied sur l'autre comme des danseurs de corde qui inclinent « le balancier tantôt à droite et tantôt à gauche, pour essayer de « garder l'équilibre. Il n'y a pas de spectacle plus démoralisant « que celui de ce funambulisme politique. »

Il y a quelques jours à peine, ne lisions-nous pas dans un journal non suspect de sympathie pour les idées chères à Déroulède, le grave *Journal des Débats*, cet aveu invraisemblable dans sa bouche :

« Le mode actuel de recrutement des ministres semble fait « exprès pour mettre transitoirement à la tête des grandes admi-

« nistrations publiques des incompétents, des incapables et souvent des indignes. Là-dessus, les observations abondent, l'expérience est riche en preuves décisives. Il est inutile de citer des exemples anciens ou actuels ; ils sont de notoriété publique. »

Vous entendez Messieurs : des *incapables* et même des *indignes*. C'est de notoriété !

Le scandale est devenu tel qu'on commence à se demander aujourd'hui et à discuter s'il ne conviendrait pas de créer législativement une incompatibilité entre le mandat de député et de sénateur et la fonction de ministre — dans la pensée, explique le même article, « *que les Parlementaires seront moins prompts à renverser les ministres, lorsqu'ils n'auront pas l'espoir de les remplacer* ». — Et les *Débats* de conclure en disant : « *Ces ministres nouveaux seront d'ailleurs ce que sont ceux d'aujourd'hui, aussi dépendants, aussi fragiles, aussi renversables à merci, obligés de défendre chaque jour leur misérable existence.* »

Que de misères, que de hontes dans ce noble pays de France ! Et n'oublions pas, Messieurs, que Déroulède est poursuivi pour avoir voulu que tout cela fût balayé et la République purifiée !

Par les ministres, les Parlementaires tiennent dans leurs mains les préfets, les sous-préfets, les fonctionnaires de toutes catégories, depuis les plus élevés dans les villes jusqu'aux plus humbles dans les campagnes, toutes les administrations centrales et latérales, quel qu'en soit l'objet, quelle qu'en soit l'importance, tout, jusqu'à la Charité publique.

Disposant de tout ce qui se donne, disposant de tout ce

qui peut se reprendre, ils dominent les électeurs par l'intérêt ou par la crainte, et leur majorité, qu'ils appellent par dérision la majorité du pays, est faite en notable partie de ceux qui vivent par eux et de ceux qui craignent de mourir par eux; faite aussi de ceux auxquels on peut impudemment et impunément promettre, avant le vote, l'exemption d'impôts, le service d'un an et la libération anticipée, quand ce n'est pas la réforme, de leurs enfants !

C'est encore une honte cela, Messieurs, et pourtant cela est, et cela réussit !

Comment donc y a-t-il encore en France des électeurs assez désintéressés et assez énergiques pour persister à envoyer au Parlement des députés qui non seulement ne pourront pas y représenter leurs idées, mais seront mis dans l'impuissance d'y défendre leurs intérêts !

Chaque Parlementaire est d'ailleurs un candidat permanent à tous les postes de l'État, — plus particulièrement quand les hasards d'une élection viennent à l'éliminer du Parlement. S'il n'est pas bon à tout, tout lui est bon. Je dépasserais les dénombrements, si fameux pourtant, d'Homère, si j'entreprenais de compter ceux qu'ont recueillis les ambassades, les préfectures, le Conseil d'État, la Cour des Comptes, les Trésoreries générales, les emplois si nombreux des finances et tant d'autres retraites dont je préfère, et pour cause, ne pas prolonger l'énumération.

Puis, nous avons aussi par bonheur les colonies, conquises par le sang de nos soldats et dotées par l'argent de la France : postes réservés, le cas échéant, à d'importantes personnalités parlementaires, dont l'esprit d'opposition s'endormira plus vite aux rayons du soleil d'Orient, et ressources assurées aussi aux besoins de multiples amis.

Tant et si bien qu'à titre d'exemple nous pourrons

compter : au Sénégal, 521 fonctionnaires contre 737 colons ; en Annam et au Tonkin, 1.396 fonctionnaires contre 447 colons ; en Cochinchine, 1.726 fonctionnaires contre 212 colons.

Je vous laisse à penser ce que deviennent les finances sous un pareil régime. Qui donc en est responsable, sinon ceux qui nous gouvernent ? Écoutez ce qu'en dit publiquement le Président de l'*Union libérale*, un modéré, un pondéré, un sage :

« Depuis six ans que nous existons, nous n'avons pas cessé « un seul jour, au risque de fatiguer nos adhérents et nos audi- « teurs par des prophéties importunes, de leur dénoncer la déplo- « rable gestion des finances publiques, et le pillage des deniers « des contribuables par ceux-là mêmes dont la principale fonction « est de les défendre. Cette année même, le rapporteur du « budget de 1899 écrit : Le fardeau qui pèse sur les contribuables « français est de ceux qu'on ne peut plus alourdir... Or, sachez- « le bien, ce fardeau qu'on ne peut plus alourdir, on l'augmente « chaque jour ; car on augmente chaque jour le nombre de ceux « qui vivent au râtelier de l'État. »

Les progressistes pensent-ils autrement ?
Écoutez, et jugez encore une fois, Messieurs :

« Le budget n'est plus qu'une vaste et interminable interpella- « tion, quand il n'est pas un champ de manœuvres électorales. L'es- « prit de contrôle et d'économie qui devrait y présider est rem- « placé par le vertige de la surenchère. On vote, les yeux fermés, « toutes les augmentations de dépenses, avec la secrète pensée de « s'en prévaloir au jour du scrutin et de mettre ses adversaires « politiques dans l'embarras. »

Ainsi, voilà où nous en sommes arrivés ! Les finances du pays sont devenues l'enjeu électoral des Parlementaires, pris du vertige de la surenchère dans les dépenses dont la nation est écrasée. Et qui dit cela ? Non Déroulède ! Non son défenseur ! Non les exaltés et les violents, mais un des hommes les plus considérables de la République, un homme universellement respecté, un homme qui, au dire de bien des gens, devrait peut-être occuper aujourd'hui la première place dans l'État ! M. Méline !...

Après d'aussi solennelles déclarations, aurai-je le courage de vous imposer l'obligation d'entendre le redoutable aveu fait à la tribune du Sénat, le 12 mai courant, par le sénateur Hugot ? Oui, il faut que vous l'entendiez ; il faut que tous ceux qui m'écoutent l'entendent, le retiennent et le publient :

« Nous avons, à l'heure présente, une dette consolidée et une « dette remboursable de 31 milliards. A côté et parallèlement à « elle, nous avons une dette viagère de 238 millions qui, capitali- « sée au denier dix, donne le chiffre énorme de 2.500.000.000 ; « une dette communale de 3.644.000.000, une dette départemen- « tale de 123 millions. »

Écoutez la suite, Messieurs :

« Tous ces éléments réunis forment un total de 37 milliards et « demi, à peu près égal aux dettes réunies des trois nations qui « composent la Triplice ! »

Eh bien, tout cela cependant, si redoutable que cela soit, serait encore réparable, si en France, comme dans certaines républiques de l'Amérique du Sud, la nation avait su conserver son libre essor et compenser, par son initiative et sa merveilleuse fécondité, les maux dont le monde politique nous accable.

Mais, hélas ! il n'en est pas ainsi parmi nous, où le Parlementarisme et ses pratiques sont comme ces industries spéciales qui, par les matières qu'elles triturent et les produits qu'elles fabriquent, détruisent peu à peu autour d'elles la végétation et finissent par rendre, jusqu'à d'assez grandes distances, la terre presque improductive.

Est-ce vrai, Messieurs ?

« Le peuple, dit M. Méline, sans connaître les finesses de la « politique, a le sentiment très net que la politique qu'on suit « affaiblit la France à l'intérieur et à l'extérieur. Il voit clairement « que l'essor économique du pays est paralysé, que toutes les « nations qui nous entourent se développent, grandissent et « envahissent le monde, pendant que nous marquons le pas ou « que nous reculons. »

Hélas ! tout cela est exact. Il faut savoir nous l'avouer à nous-mêmes : tout marche et nous reculons ! tout grandit et nous diminuons ! L'esprit d'initiative s'efface chaque jour parmi nous, parce que nous n'avons pas de lendemain. Le grand marché financier français est menacé de se voir abandonné ; chaque jour, l'épargne française va chercher au dehors la sécurité que ne lui donne plus la France. Combien d'industries disparaissent ! Combien de nos grandes maisons appartiennent aujourd'hui aux étrangers ! L'Angleterre, l'Allemagne non contentes de peupler leurs colonies peuplent aussi les nôtres. De combien de terres conquises par nous l'élément français n'est-il pas peu à peu éliminé ! Combien de mers dans les deux Amériques, dans l'Amérique du Sud particulièrement, en Océanie et dans l'Extrême-Orient, ne voient plus flotter notre pavillon marchand, comme si la France s'était retirée du concert des nations !

Eh bien, encore une fois, malgré la gravité de cet état de choses, tout serait encore facilement réparable, si, nous élevant au-dessus de ceux qui nous gouvernent et les rejetant, nous avions la conscience exacte de notre mal et la ferme volonté d'en triompher.

Mais ici encore quel courant à remonter! Car il semble que le Parlementarisme, en faisant éclore les scandales dont nous souffrons depuis tant d'années, ait énervé la France et diminué sa valeur morale. Le Parlementarisme n'est-il pas en effet directement responsable « *de ce mélange de désirs* « *inquiets et de passions déréglées dont souffre le pays* », suivant l'éloquente expression du président de l'*Union libérale* ?

Le Wilsonisme, le Panamisme, produits d'une génération malsaine, dans quelles terres ont-ils poussé leurs premières racines, sinon dans le Parlement? Les scandales d'argent gagné sans travail, de fortunes acquises par d'inavouables compromissions, dans quel milieu ont-ils éclaté, sinon dans le Parlement? Et, chose plus douloureuse encore, quand ces scandales ont eu besoin d'engrais nouveau, qui le leur a fourni? L'étranger! L'étranger, qui semble devoir ne jamais rien refuser à l'alimentation de nos malheurs et de nos hontes!

Et de semblables choses n'ont pas été punies. Que dis-je? la veuve d'un des coupables a été pensionnée par l'État!

Un seul a payé pour tous!...

Mais reconnaissons du moins que la colère, l'indignation et le ressentiment sont permis à ceux qui, pour reprendre une expression empruntée au discours Méline, « *aiment* « *éperdument la France et se font une religion du culte de* « *la Patrie.* »

Écoutez donc Déroulède à la tribune, dans la mémorable séance du 20 décembre 1892, à l'occasion de tous ces scandales :

« Il y a, Messieurs, une chose navrante dans un beau et bon

« pays comme le nôtre : c'est l'Internationale des ouvriers. Je la « blâme, je la réprouve, je la déplore. Mais, au moins, ils ont « pour excuse la misère, ces affamés qui tendent leurs maigres « mains par-dessus les frontières à de pâles affamés comme eux. « Ils ont pour excuse la souffrance, l'ignorance aussi. Ils ne savent « pas que, toute dure qu'elle leur est souvent, leur patrie est « encore une des plus fraternelles, des plus justes et des meil- « leures qui vivent sous le soleil.

« Mais l'Internationale des riches ! la coalition des égoïsmes et « des intérêts qui n'a pour but qu'un accroissement démesuré de « luxe, de jouissances et de fortune, l'agiotage cosmopolite qui « vit de la crédulité et de la ruine des misérables, se rapprochant, « par-dessus ces mêmes frontières, de ces hommes aux mains « pleines d'or mal gagné, qui font de la honte un trafic et de la « corruption un placement ! Voilà ce qu'il faut flétrir ! Voilà « le mal hideux contre lequel il ne saurait y avoir trop de châ- « timents, trop de lois, et, à défaut de lois, trop de mépris ! »

Voilà Déroulède en 1892 !

Si c'est là le langage d'un factieux, ah ! puissions-nous tous penser et parler comme lui !...

A tant de maux bien faits pour briser les corps les plus robustes, il en manquait un : la trahison ! Il est venu à son tour s'abattre sur nous.

Sur son passage, que de désastres ! La discorde dans les familles, les amitiés à jamais détruites, les haines religieuses à la veille de renaître, et dans ce cataclysme, les choses les plus respectées : notre Armée, notre grande, chère et glorieuse Armée, symbole de la Patrie, et la Justice à son tour, à la veille de sombrer.

Je n'ai pas à tracer ici le rôle du Parlementarisme dans ce désastre. Après tant de causes de colère et de ressentiment, est-il nécessaire d'en indiquer de nouvelles, d'ailleurs bien connues ?

Pour moi, sans parler des efforts tentés récemment et dont un avenir désormais très prochain nous dira les avantages ou les déceptions, j'estime que le passé fait revivre dans notre pensée trop de noms et trop de souvenirs, pour qu'ici la colère puisse encore faire place au pardon !

Une dernière question : Le régime qui nous étreint à l'intérieur nous a-t-il du moins donné au dehors la sécurité et quelque dignité ?

Dans la nuit qui, de ce côté, nous a constamment enveloppés, je ne vois qu'une éclaircie : l'alliance avec la Russie. Et je ne suppose pas que les Parlementaires osent en revendiquer l'honneur. Ne savons-nous pas que cette alliance s'est faite en dehors d'eux par des poussées populaires irrésistibles ? C'est presque exclusivement au Président Carnot qu'en est due la signature et au Président Félix Faure qu'en revient l'éclatante consécration. Ce sont les deux seules fois où, échappant au joug et à la pression du Parlement, ceux qu'on appelle les Chefs de l'État ont eu une initiative personnelle suivie de succès !

Il faut les en louer, Messieurs, et leur en rendre grâces hautement !

Mais, en dehors de ce fait unique, que de souvenirs douloureux, les uns déjà anciens — les autres datant d'hier.

Souvenirs douloureux, ai-je dit ? Non ! Souvenirs glorieux, par les noms héroïques qu'ils rappellent et les semences fécondes qu'ils ont peut-être jetées dans l'âme de notre France.

Mais je m'arrête ici. En dire plus sur un tel sujet serait en dire trop, et je résume ce long tableau, en citant une fois encore mes auteurs.

A l'extérieur.

« Ce que le peuple sent mieux encore, dit M. Méline, c'est « que notre rôle dans le monde se trouve arrêté et compromis, et « que nous sommes à la merci des événements.

« C'est maintenant qu'il nous faut faire un retour sur nous-« mêmes si nous ne voulons pas marcher de plus en plus vers « l'inconnu *et devenir la risée du monde.* »

A l'intérieur.

« Impuissance et anarchie. C'est en ces deux mots que se « résume la situation parlementaire.

« Or, la France réclame à grands cris, dans l'intérêt supérieur « de la Patrie, qu'à la politique, où on s'enlize, nous substi-« tuions une politique large et exclusivement française.

« Ce n'est pas seulement l'élite de la nation, l'élite pensante « et prévoyante qui le réclame. C'est plus encore la masse de « ceux qui travaillent. Ce sont les petits, les humbles.

« Écoutez-les un instant au fond de leurs chaumières, de leurs « ateliers. Vous n'entendrez qu'une voix, qu'un cri : Nous « sommes fatigués d'agitations stériles ; il faut que cela finisse. »

« Cette voix-là, Messieurs, c'est la voix du peuple, du vrai « peuple qui aime la France éperdument et qui se fait une reli-« gion du culte de la Patrie. »

A vous maintenant, Monsieur le Président de l'*Union libérale*, de nous redire ce que vous avez dit le 11 mars dernier :

... « Tournez-vous maintenant du côté du pays. Voyez les « hommes les meilleurs s'éloigner avec effroi de la vie publique ; « les hommes les plus mesurés interroger le visage de leur interlo-« cuteur avant d'exprimer leur pensée — essayer de se désintéres-« ser de tout et s'enfermer en quelque sorte dans leurs maisons, « comme faisaient les bourgeois de Rome, lorsque la ville était « livrée aux Saturnales. Je n'appelle pas cela le règne de la « liberté, mais le joug de la tyrannie. »

Vous me rendrez cette justice, Messieurs, que je n'en ai pas dit autant.

Au lendemain du discours de M. Méline, un homme d'esprit écrivait : « *S'il plaît à M. Déroulède de recourir « aux bons offices d'un avocat, je lui conseille de confier « sa cause à Méline.* »

J'ajouterai, moi : « *Pourquoi pas à M*[e] *Barboux également.* »

D'ailleurs, Messieurs, il me semble que maintenant c'est chose faite, du moins en cette partie de ma cause.

⁂

Me voici arrivé, Messieurs, au point culminant de ma discussion.

Le mal est tellement grave que vous venez d'entendre des hommes, justement réputés intelligents et sages entre tous, nous dire : « *Il faut que cela finisse.* »

Déroulède pense comme ces hommes. Mais, plus ardent ou, pour dire vrai, mieux convaincu que le péril est imminent, il s'est dit : « *Avant tout, il faut que la France vive.* » et il a marché ! Il n'a pas réussi, et le voici sur le banc de la cour d'assises.

Que lui reproche-t-on ? Non pas le choix du remède, je suppose ; car il figure au Codex politique : il est inscrit dans la Constitution. Non ! on lui reproche d'avoir voulu se frayer de force un passage jusqu'au malade.

Si le but est louable, s'il est nécessaire, avons-nous donc, Messieurs, en l'état des esprits et des choses, le choix des moyens pour y parvenir ?

Dans un livre remarquable, paru récemment : « *Les Morts qui parlent,* » M. de Vogué, de l'Académie française, un ancien député, prête à l'un de ses personnages, l'un des meilleurs esprits, nous dit-il, du monde gouvernemental, la phrase suivante :

« Personne, en France, ne lèverait le petit doigt pour soutenir « ce régime, si on le voyait s'écrouler. Mais il ne croulera point, « parce que personne ne lèvera le petit doigt pour le renver- « ser. »

Pensée décevante, s'il en fût ! et d'autant plus décevante qu'à dire vrai elle n'est pas loin de la réalité, et qu'elle semble dictée par la mollesse, j'allais dire par la veulerie de cette fin de siècle.

Que penser en effet d'hommes, je parle des hommes politiques, adversaires résolus, à les entendre, d'un système ruineux et déshonorant pour la France, qui se réunissent de temps en temps en consultation pour nous dire (c'est M. Méline qui parle) :

« Rien ne serait cependant plus facile que de guérir quelques- « unes des plaies parlementaires dont nous souffrons tant. Sans « recourir au remède héroïque et périlleux de la révision de la « Constitution, dont il faudrait ne se servir qu'au cas d'absolue « nécessité, il suffirait, pour le moment, de nous imposer une « discipline volontaire, en réformant notre règlement et en met- « tant nous-mêmes des bornes à l'initiative parlementaire. »

Comme, en termes prudents, ces choses-là sont dites !

Ainsi, vous savez le mal, Messieurs ; vous savez qu'il nous ronge et nous tue. Et voilà que pour guérir « *quelques-* « *unes de nos plaies parlementaires* (que ferez-vous pour les autres ?), il suffira, « *pour le moment* » (et après, que ferez-vous ?), il suffira d'un règlement qui interdise « *les* « *interpellations à jet continu et ramène la discussion du* « *budget aux limites d'un simple débat financier* ».

Soit ! Mais, ce règlement sauveur, l'avez-vous du moins tenté !

Voici la réponse :

« Oui ! nos amis y ont consacré tout ce qu'ils ont de talent,
« d'expérience et de courage (vous entendez, mon cher Dérou-
« lède... de courage !). Mais l'accueil qu'ils ont reçu ressemble
« presque à un enterrement. »

Qu'en pensent les Libéraux ?

« C'est en vain, dit leur orateur, qu'on essayerait d'endiguer
« le flot des interpellations, comme le veut notre ami M. Méline...
« Ce qu'il faut, c'est qu'on ne puisse pas traîner impunément
« dans la boue le Président de la République, le Sénat, la
« Chambre, etc. Ce sont les lois pénales seules, quand elles sont
« justes et appliquées avec fermeté, qui sont les gardiennes
« de la liberté... »

Allons, soit ! des lois nouvelles de répression !

Mais a-t-on du moins essayé d'en obtenir ?

« *Non*, répond le président de l'Union libérale républicaine, « *car chaque fois qu'un ministre nouveau est
« monté à la tribune, quoique convaincu du contraire, ç'a
« été pour déclarer que les lois lui suffisaient.* »

Et l'orateur d'ajouter :

« Comme si la terreur même qui leur impose cette pusillani-
« mité n'était pas une preuve de plus de la servitude à laquelle
« ils sont soumis. »

Ainsi, nous voilà bien fixés sur les chances des remèdes proposés à nos maux par ces deux grandes fractions du Parti Républicain :

« Les nôtres sont enterrés, disent les Progressistes.

« Les nôtres, disent les Libéraux, sont morts avant de naître,
« grâce à la pusillanimité et à la servilité des ministres. »

Eh bien, en cet état, vont-ils se décider à agir ? Vont-ils, pour reprendre l'expression de M. de Vogué, « *lever enfin* « *le petit doigt ?* »

Non ! car Progressistes et Libéraux vont se retrouver bien vite, afin d'entonner à l'unisson, pour la plus parfaite sécurité d'un gouvernement qu'ils combattent et méprisent, le grand couplet final :

« Nous n'avons d'ailleurs ni coup d'État, ni coup de force à « redouter. Il faut que les Agitateurs et les Prétendants en « prennent leur parti. Ils ne mettront jamais la main sur « l'armée. »

Discuter dans cette enceinte ces fanfaronnades serait assurément déplacé et, dans tous les cas, inutile.

J'aime mieux répondre, au nom de ma défense :

Eh bien ! et vous, Messieurs, vous qui vous lamentiez tout à l'heure, et à juste titre, sur l'état morbide de notre pays ; vous qui tout à l'heure condamniez si énergiquement, et à juste titre, les auteurs de notre mal et leurs complices, où, quand et comment mettrez-vous la main, sinon sur l'armée, du moins sur la nation, que d'autres mains étreignent et épuisent ?

Voilà plus de vingt ans que nous vous attendons à l'œuvre ! Voilà plus de vingt ans que, pour rappeler une de vos expressions, « *votre parti reste au milieu de la* « *Chambre, comme le seul point autour duquel on puisse* « *grouper et rallier une majorité de gouvernement* ». A-t-elle grandi, cette majorité par vous rêvée ? Nous annonce-t-elle l'heure prochaine de la délivrance ?

Osez répondre !

Moi, j'ajoute et entendez-moi bien : Si cette heure, encore silencieuse, sonnait un jour par la seule vertu de vos adjurations et de vos exhortations platoniques, pouvez-vous dire en quel état ce pays, « *demain la risée du monde* » (ce sont vos expressions que je rappelle), serait rendu à lui-même ?

Car enfin, vous n'êtes pas les maîtres des événements, n'est-ce pas ? Eh bien, est-elle donc invraisemblable l'hypothèse du triomphe prochain de ce parti que vous avez dénoncé vous-même, de ce parti dont je ne parlerais peut-être pas ici, s'il ne prenait son mot d'ordre et son point d'appui à l'étranger, « *de ce parti qui confond l'esprit* « *d'utopie avec l'esprit de réforme* (ce sont vos propres « paroles que je cite maintenant), *qui rêve de détruire* « *notre société sous prétexte de l'améliorer et qui foule* « *aux pieds les grands principes de liberté, d'égalité, de* « *propriété, qui sont la grande conquête de la Révolution* « *française.* »

Ce parti-là, il est aussi intelligent que le vôtre, plus ardent que le vôtre à la lutte, parce qu'il sera plus éhonté, ne croyant même plus à la Patrie. Il augmente en nombre tous les jours...

Eh bien, si ce parti se saisissait de la France avant vous, pouvez-vous nous dire dans quel état il vous la rendrait, — s'il vous la rendait, — au jour de votre résurrection ?

Est-elle invraisemblable aussi l'hypothèse d'un nouveau et prochain Fachoda sur quelque point du globe, et pouvez-vous nous dire encore dans quel état vous retrouveriez alors la France ?

Ah ! que Dieu écarte de nous ces terribles perspectives ! Car, si elles venaient à nous surprendre, est-ce la France, telle que vous nous l'avez vous-même décrite, qui pourrait y faire face ?

Or, tout cela est possible ; vous le sentez bien ! vous le savez bien ! Et, en attendant, vous restez impassibles, raisonnant quand il faudrait agir. Vous croyez que Dieu fera crédit à votre prétendue sagesse ; vous laissez les jours s'écouler, le lendemain semblable à la veille. Que dis-je ? pire ! car chaque jour aggrave notre mal.

Sachez-le, votre sagesse n'est que faiblesse : d'instinct, vous redoutez tout ce qui est fort, même quand la force apparaît comme la condition nécessaire du salut commun. — Votre parti d'ailleurs appartient depuis longtemps à l'histoire. Progressistes et Libéraux, on vous a vus en Angleterre, au XVIIe siècle. Vous étiez alors contre Cromwell pour ce Parlement dont l'histoire a conservé le nom, « *le Parlement Croupion* ».

Écoutez maintenant, Messieurs les Jurés, ceux qui cherchent aux maux dont souffre le pays un remède autre que celui d'une imperturbable impassibilité.

Déroulède est de ceux-là !

Avec lui, vous le savez, il ne saurait être question de porter atteinte à la forme républicaine. Il est, vous a-t-il dit, et a toujours été républicain :

« On a prétendu, disait-il dans l'instruction, que j'agissais « sous l'impulsion de l'un ou de l'autre des Prétendants. Toute « ma vie dément cette trop commode calomnie. — L'un et l'autre « des Prétendants m'ont fait plus d'une fois transmettre les « témoignages de l'estime qu'ils veulent bien m'accorder. — L'un « et l'autre m'ont jadis écrit des lettres publiques, auxquelles « j'ai publiquement répondu. J'ai eu plus d'une fois l'écho du « regret qu'ils avaient que je fusse républicain. Mais mon atti- « tude sur ce point a toujours été si nette, et je puis dire si « intransigeante, que ce regret ne s'est jamais traduit par aucune « sollicitation de rapprochement, par aucune sollicitation d'apos- « tasie. Ce n'est pas une raison, parce que je désire que la « France ne soit plus la proie des Parlementaires, pour que j'ad- « mette qu'elle soit l'héritage des Princes. »

C'est, vous le voyez, Messieurs, une véritable déclaration de principes, et vous penserez avec moi qu'il était du devoir du défenseur de la placer sous vos yeux !

Déroulède est donc Républicain, bien d'accord en cela avec la Constitution de 1875, proclamant que la forme républicaine ne pourra jamais faire l'objet d'une demande de révision.

Mais, en dehors de la République intangible, il réclame avant tout, par la révision de cette Constitution, le rétablissement d'un pouvoir exécutif, issu du suffrage direct de la nation, ayant conséquemment son existence propre, en dehors ou à côté des autres grands Pouvoirs, occupant chacun dans l'État sa place, mais rien que sa place.

Je n'ai pas à en dire davantage sur ce point, car vous avez, Messieurs, à juger Déroulède, non sur ce qu'il aurait fait plus tard, mais seulement sur ce qu'il a fait.

Je n'ai donc pas à répondre à l'argumentation de M. l'Avocat général, en tant qu'elle a eu pour objet de vous démontrer l'inanité ou les dangers des conceptions politiques qu'il prête à Déroulède. Je n'ai pas à répondre non plus à l'Étude rétrospective qu'il a cru devoir faire sur le Directoire, sur le rôle d'un Directeur civil aux côtés d'un Directeur militaire, de Sieyès aux côtés de Bonaparte... Ce sont là des considérations qui échappent à la compétence actuelle de MM. les Jurés, devant lesquels, Dieu merci ! nous n'avons, ni M. l'Avocat général, ni moi, à discuter un plan de Gouvernement.

J'ajoute, pour en finir avec la réfutation de cette partie du réquisitoire, que ce que l'accusation devrait établir, c'est que les accusés, en agissant comme ils l'ont fait, en donnant à leur révolte l'excuse ou, pour mieux dire, la raison d'un pays honteusement gouverné et conduit à la ruine, ont volontairement menti à la réalité des faits et songé seulement à satisfaire leur ambition, en la couvrant du masque du Patriotisme.

Sur ce terrain, le vrai terrain du débat, ma réponse

serait simple : je la demanderais à la loyauté de M. l'Avocat général.

Qu'il se lève et démontre que chacune des accusations portées par Déroulède contre le Parlementarisme et le Gouvernement qui en est issu sont mensongères.

Qu'il démontre que la Présidence de la République et les ministères ne sont pas les humbles serviteurs du Parlement ;

Qu'ils se meuvent dans une sphère d'action indépendante et qu'ils ne cherchent pas, par des compromissions de chaque jour, à soutenir « *leur misérable existence* » ;

Que le Parlement n'est composé que d'hommes honnêtes, tous absolument étrangers aux scandales qui, sous des noms divers, ont marqué l'histoire politique de la France depuis vingt ans ;

Que nos finances s'allègent, chaque année, du poids effroyable de la dette qui les écrase ;

Que le budget n'est pas, chaque année, grevé de charges nouvelles par les exigences d'un favoritisme que rien ne satisfait, et qu'il n'est pas devenu un champ de manœuvres électorales ;

Que la France ne recule pas, pendant que les autres nations avancent et progressent ;

Que notre commerce et notre industrie ne sont pas dans le marasme ;

Qu'au dehors la France respectée voit grandir son influence ;

Qu'aucune des parties du territoire conquis par nos soldats ne lui est contestée, et que nous pourrons, demain, en toute allégresse, nous porter au-devant du commandant Marchand, pour le remercier d'avoir laissé derrière lui, flottant sur Fachoda, le Drapeau qu'il y a si glorieusement planté !

Mais il nous faut bien, n'est-ce pas, laisser de côté tous

ces rêves, si doux cependant à caresser, pour revenir à l'âpre réalité et reprendre l'œuvre impitoyable de la recherche de la vérité, en dehors de laquelle il n'y a plus de salut pour nous !

A ce moment, de longs applaudissements éclatent dans la salle. — L'audience est suspendue, au milieu d'une grande agitation.

A la reprise, la parole est donnée à Me Oscar Falateuf pour la continuation de sa plaidoirie.

La révision, demandée par Déroulède, est assurément chose licite en soi. Je l'ai déjà dit : elle est prévue par la Constitution, et les Progressistes ne la condamnent pas en principe. Ils estiment seulement que c'est « *un remède héroïque et* « *périlleux* », le réservant pour « *un cas d'absolue néces-* « *sité* ». Mais, à juger le degré du mal existant par la description que nous en a faite M. Méline lui-même, c'est à se demander quand la nécessité d'y porter remède lui apparaîtra suffisamment évidente. M. Méline est un homme d'une trop haute valeur pour qu'on se résigne facilement à ne voir en lui... Comment dirais-je?... que le médecin des morts.

D'autres ne reculent pas devant « *le péril et l'héroïsme* » : M. de Marcère, un des pères de la Constitution de 1875, s'est prononcé pour la révision ; des projets en ce sens ont été déposés sur le bureau de la Chambre des députés ; une commission même a été nommée tout récemment, après une lettre de M. le Président du Conseil qui, sans approuver l'idée, a déclaré ne pas s'opposer à son examen.

Serait-il téméraire de supposer que l'offensive vigoureuse, prise par Déroulède, n'est pas absolument étrangère à ces velléités de la dernière heure ?

Quoi qu'il en soit, la question est désormais dans l'air, et, dans dix ans, dans vingt ans peut-être, quand les avenues qui entourent le Pouvoir seront quelque peu déblayées (si jamais elles le sont) des défenseurs intéressés, fonctionnaires et agents, qui les obstruent, il ne serait pas impossible qu'alors un projet de loi fût soumis à une première lecture... Qui sait? Tout arrive !...

Ayons le courage de le dire bien haut, ne fût-ce que pour nous séparer complètement de ces hommes flottants et pusillanimes que l'*Union libérale républicaine* flagellait si vigoureusement, il y a quelques instants : Ces attitudes prudentes, ces demi-aveux sont déplorables et indignes de la cause même qu'ils prétendent servir.

Et combien je préfère la mâle franchise, incapable de dissimuler, capable en même temps de tout dire !

Écoutez donc Déroulède, en 1898, devant les électeurs de la Charente qui lui demandaient d'aller reprendre à la Chambre la place qu'il y avait si noblement occupée.

Voici sa profession de foi :

« Pour délivrer la France et la République, il y a trois moyens : « la volonté d'un homme, c'est-à-dire le coup d'État ; la volonté « d'un peuple, c'est-à-dire la Révolution ; la volonté de l'assem- « blée, c'est-à-dire le Congrès. Je ferai tout pour que ce dernier « moyen, le plus pacifique, aboutisse. Mais je n'y compte guère, « et je me déclare résolu à tout tenter pour le triomphe des deux « autres. »

Il fut élu !

L'engagement était pris, net et formel.

Déroulède l'a-t-il tenu ?

Pour le Congrès, ses démarches multiples auprès des membres les plus influents des ministères et des assemblées, ses consultations de collègue à collègue furent telles qu'il les avait prévues. Elles ne lui laissèrent aucun doute sur l'inanité d'une simple demande de mise en discussion.

Qui pourrait s'en étonner ?

Pour le coup d'État, l'interlocuteur forcé était le Président Félix Faure, l'ancien vice-président de la Ligue des Patriotes. — Mais, plus que tout autre secret, le secret de la tombe est inviolable, et je ne puis que reproduire sur ce point la réponse de Déroulède à M. le Juge d'instruction :

« Ce que j'ai pu faire pour pousser à un coup d'État, je n'ai « pas à le dire. »

Voici maintenant ce qu'il a fait pour la Révolution.

Il était convaincu que le mouvement pouvait, et par cela même devait, se faire par l'accord du peuple et de l'armée, sans effusion de sang.

Si c'était une utopie, un rêve (nous le verrons dans un instant), avouez du moins qu'ils étaient bien respectables, puisqu'ils nous ont valu une journée à la fin de laquelle pas une goutte de sang français n'a été versée !

Il ne s'agissait donc pas de soulever des émeutiers et de les faire tirer sur la troupe qui aurait riposté. Ce n'était pas l'Insurgé tuant un soldat d'un coup de pistolet pour rendre inévitable la collision ! Ce n'était pas non plus la Révolution de Février promenant un cadavre dans les rues de Paris, pour appeler la population aux armes ! Non, c'était, dans la pensée et dans l'espoir de Déroulède, le peuple et l'armée se confondant dans un irrésistible mouvement de colère et de dégoût.

Improvisée, cette pensée eût été chimérique.

Mais, préparée de longue main avec une infatigable volonté, avec une intelligence qui donnait à Déroulède l'autorité, — avec une séduction native qui créait autour de lui l'abnégation et le dévouement, qui pourrait dire qu'à un moment donné cette pensée ne deviendrait pas une réalité triomphante ?

N'avait-il pas autour de lui cette phalange d'hommes forts et énergiques, créée à l'origine sous les yeux mêmes de Gambetta, et qui avait grandi dans la religion de la Patrie ? Cette phalange, devenue presque une armée, Déroulède ne l'avait-il pas dominée et assouplie, comme autrefois, à Montbéliard, il avait dominé et assoupli ses Africains ? Ne l'avait-il pas en quelque sorte mobilisée par d'incessants appels, tenant les esprits et les corps dans un éveil ininterrompu ? Un mot, un geste suffisaient. Ces hommes n'avaient-ils pas dit un jour au général Boulanger : « *Nous* « *sommes avec vous ; mais c'est que Déroulède nous y a* « *conduits.* »

A la tête de ces hommes, il en est un auquel doit être faite une place exceptionnelle : je veux parler de Marcel Habert. Ses défenseurs, si affectueusement dévoués à sa personne et à sa cause, ne m'en voudront pas, si je me laisse aller à adresser à leur ami un public hommage ! Depuis trois mois, j'ai pu me rendre compte par moi-même de sa rare intelligence et de la fermeté de son caractère : je les connaissais d'ailleurs déjà — mais je ne savais pas tout ce que son cœur renferme de générosité profonde et d'admirable dévouement ! Est-ce le patriote qui a fait l'ami ? Est-ce l'ami qui a fait le patriote ? Je l'ignore ; mais j'affirme qu'ils sont dignes l'un de l'autre. Et je ne sache pas de plus grand éloge à faire de Marcel Habert...

A côté des Ligueurs, le peuple de Paris, lui aussi, aimait Déroulède. Fort lui-même, il ne redoute pas la force — et la vaillance, fût-elle poussée jusqu'à la témérité, n'est pas faite pour lui déplaire. Il savait bien d'ailleurs que jamais

Déroulède n'exposerait un Français au danger, sans y marcher devant lui.

Il l'aimait encore pour autre chose : il le savait incorruptible, étranger par conséquent à toutes les turpitudes de la fin de ce siècle, et n'hésitant pas, même au péril de sa vie (il l'avait bien prouvé à la tribune du Parlement en 1892), à marquer au fer rouge tout ce qui lui paraissait dangereux et néfaste pour son pays.

Oui, le peuple de Paris l'aimait ; il l'aime encore !

Et l'armée, lui était-il étranger ?

En écrivant ses *Chants du Soldat*, qui, suivant une admirable expression de Paul de Saint-Victor, « *ont versé dans le casque « brisé de la France la boisson des forts* », le jeune lieutenant de 23 ans n'avait-il pas scellé avec cette armée un pacte indissoluble ? — Le petit soldat de France, comme Déroulède aime à l'appeler, sait bien qu'il est aimé de lui, car il a chanté plus que son courage ; il a dit ses souffrances, son esprit de sacrifice et son héroïque abnégation. — Et quand, en marche, le régiment chante « *le Clairon* », il sait bien que celui qui a écrit ces choses les a conçues, quand le clairon le menait lui-même au combat.

L'officier aime aussi Déroulède et le réclame pour un des siens ; car jamais l'uniforme n'a couvert un cœur plus vaillant et une plus indomptable énergie. Leurs douleurs sont communes ; leurs colères aussi !

Il faut d'ailleurs le dire, et le dire bien haut : La haine contre l'Armée, voilà le mal dont nous souffrons le plus à l'heure actuelle — le mal dont nous mourrons peut-être !... M. l'Avocat général vient de rendre, en des termes élevés et émus, dont je le remercie, un public hommage à cette grande et noble victime de nos dissensions. Mais il n'a pas, suivant moi, suffisamment caractérisé l'œuvre néfaste poursuivie contre elle et que rien ne semble devoir décourager. Sachez ce qui se passe encore en ce moment : Vous avez entendu, à l'audience d'hier, les trois généraux que la défense avait fait citer ; vous vous rappelez avec quel respect et quelle émotion nous avons tous, dans cette enceinte, accueilli leurs dépositions, faites uniquement en vue du passé militaire de Déroulède et de sa belle carrière d'officier ; vous n'avez pas oublié l'un d'eux, le glorieux général Hervé, l'ancien commandant du 6e corps, le général « *Frontière* », comme on l'appelle, nous racontant l'admirable dévouement de Mme Déroulède, son héroïque abnégation — le merveilleux courage de son fils — le souffle puissant de son patriotisme dans ses « *Chants du Soldat* », et ajoutant que si jamais les jours mauvais revenaient pour la France, il voudrait que le clairon de 1870 pût encore sonner à l'oreille des indifférents et des sceptiques, pour les réveiller et les rendre à la Patrie. Tout cela dit avec une telle simplicité et une telle grandeur que nous avons pleuré en l'écoutant, vous comme nous, Messieurs les Jurés.

Eh bien, écoutez ce qu'en dit un journal du matin, *le Rappel*, qu'on m'apporte à l'instant :

« Que fera M. Krantz contre ce général rebelle avec Dérou-
« lède ? Puisqu'il innocente ce dernier, c'est donc qu'il
« l'approuve ? — En d'autres temps, quand nous avions, par
« exemple, la vraie République, Hervé aurait été tout de suite
« démonté de son commandement, appréhendé au corps et
« envoyé au Mont Valérien... »

Voilà la fin de l'article, Messieurs, qu'en pensez-vous ?

Mais ce n'est pas tout : à l'heure où je parle, le général Hervé est mandé au ministère de la guerre, pour rendre compte de sa conduite.

Des cris et de violentes protestations éclatent dans la salle.

M. Déroulède (se levant brusquement) : « C'est de la trahison de la part des Parlementaires ! »

Me Falateuf : On devrait peut-être répondre par le mépris à de pareilles lâchetés ! Mais voici que les Parlementaires songent à interpeller demain le ministre sur le cas du général Hervé.

Que n'êtes-vous appelés comme témoins, Messieurs les Jurés ! vous répéteriez ce que vous avez entendu ; vous diriez votre patriotique émotion, et vous pourriez compléter mes citations en rappelant les visites qu'a faites, après la guerre, le général Hervé à Mme Déroulède — devenue paralytique après 1870 et vivant dans l'immobilité d'une momie : « *J'allais dans la villa de Croissy* », vous a-t-il dit, « *et en voyant cette pauvre femme entre ses deux* « *fils, je trouvais réunis le culte de la piété filiale et le culte* « *de la Patrie.* » — Ne serait-ce pas par allusion à ce double culte que le journal a songé à traiter le général Hervé de « *Clérical militant* ».

M. Déroulède : « Le fait de la déposition du général Hervé est celui qui me tient le plus au cœur ; le général l'a accompli avec une netteté, une énergie qui m'ont touché.

« Dans les pourparlers qui ont précédé mon acte, on m'a engagé à parler au général. — J'ai refusé, sachant bien qu'il ne voulait s'occuper que de la frontière. — Quand je me suis occupé du Boulangisme, il cessa de me voir et m'écrivit : Je vous aime bien, mais je ne veux m'occuper que de la défense nationale.

« Il ne s'agit pas de moi, Messieurs les Jurés, mais de la France qui souffre. Rendez-moi ma liberté : ce que j'ai fait, je le recommencerai pour la France. »

De longues acclamations, qu'il est impossible de maîtriser, se font entendre. M. le Président déclare l'audience suspendue et ordonne de faire évacuer la salle. — Au moment où Paul Déroulède se retire, il agite son chapeau et crie d'une voix forte : « *Vive l'Armée!* » Ce cri est répété par toute la salle.

Me Bertrou et M. le bâtonnier Ployer interviennent pour ramener le calme, dans l'intérêt même des accusés.

L'audience est reprise à quatre heures. — M. le Président donne l'ordre aux gardes d'amener devant la Cour tout perturbateur et engage M. Déroulède à conserver tout son sang-froid ; sans quoi, il se verrait contraint de lui appliquer les sévérités de la loi.

Me Oscar Falateuf a la parole pour reprendre et terminer sa plaidoirie.

Je vous ai dit les forces sur lesquelles Déroulède comptait ou croyait du moins pouvoir compter pour le succès.

En existait-il d'autres inconnues? Tout à l'heure peut-être, vous dirai-je ce que j'en pense, mais non certes ce que j'en sais.

Qu'il vous suffise pour le moment d'entendre et de vous rappeler que, quand Déroulède descendit de nouveau dans l'arène — quand, après avoir souffleté le Panamisme en pleine assemblée, il reconnut que le Dreyfusisme, son fils en ligne directe, entreprenait d'anéantir l'armée en la déshonorant — quand il retrouva, dans cette nouvelle mêlée, les mêmes noms, les mêmes visages, les mêmes trames, et l'Étranger marchant une fois encore dans cette boue, sa colère se réveilla ardente, implacable ; « *le tremblement d'horreur et d'indignation dont frémissent nos* « *malheureux drapeaux*, a dit François Coppée, dans un « mouvement d'admirable émotion, *s'est communiqué à son* « *cœur*. »

Et alors, vous le voyez, enflammé d'un feu nouveau, parcourir ce Paris auquel il prétend faire partager ses colères et ses espérances. Vous l'entendez salle Guyonnet, salle Wagram, salle Charras! Aux réunions des Sans-Patrie, il répond par ce seul mot : « *J'y serai!* », et, quand il arrive, vous savez quelle immense clameur, sortie de la poitrine de ceux qui, d'instinct, sont venus pour le soutenir, étouffe tout ce qui ne crie pas l'amour de la France et de son armée !

L'émotion fut telle, à ce moment, dans ces réunions patriotiques et protestataires, que Déroulède eut le droit de penser que le ralliement était fait, et que, l'heure venue, la marche en avant serait irrésistible.

Mais, cette heure, fallait-il encore la choisir. — Le ministère Brisson semblait toutefois devoir la hâter, lorsque, le 25 octobre 1898, un coup de surprise, qui fut l'œuvre directe de Déroulède, en amenant la démission du général Chanoine, ministre de la guerre, jeta précipitamment à terre M. Brisson.

C'était du moins un soulagement : on pouvait attendre, et peut-être, avec Félix Faure, l'attente était-elle moins énervante.

Puis, voilà que la vie épuisante à laquelle, depuis de longs mois, s'était voué Déroulède, brise pour un instant ses forces et triomphe de sa volonté. Le médecin l'arrache à son labeur et l'envoie dans le Midi.

Il était à Nice depuis six semaines environ, quand éclate la stupéfiante nouvelle de la mort subite de Félix Faure, et il apprend en même temps la convocation immédiate du Congrès pour le 18 Février.

Déroulède revient directement de Nice à Versailles où il arrive le matin même du scrutin.

Son esprit n'était alors hanté par aucune résolution immédiate et violente.

Ayant voyagé toute la nuit, n'ayant pu assister à aucun des conciliabules des jours précédents, il pensait que, le Pouvoir étant en réalité vacant, la nation allait trouver là peut-être l'occasion de se ressaisir, et que le choix d'un Président nouveau pouvait apaiser bien des craintes, en désarmant bien des colères.

Telles étaient ses pensées, quand il arriva au Congrès.

Après quelques mots échangés : « *Pour qui vote-t-on ?* » demande Déroulède. — « *Pour M. Loubet,* répond son « interlocuteur ; *l'accord est fait sur son nom.* »

Ici, la scène change tout à coup : « *C'est impossible !* » s'écrie Déroulède, pâle de colère plus encore que d'émotion. « *C'est impossible ! Vous ne savez donc pas quel a été le* « *rôle de cet homme dans le Panama. Vous n'avez donc* « *pas lu les révélations que nous livre M. Quesnay de Beau-* « *repaire ?* »

Puis, il va de groupe en groupe, interroge l'un, interpelle l'autre, frémissant, inapaisé — quand la sonnette présidentielle fait affluer tous les électeurs dans la salle.

Déroulède suit cette foule.

Le sort désigne la lettre D pour commencer le vote.

Déroulède est presque immédiatement appelé : Il s'élance à la tribune et, après avoir déclaré que l'élection du Président de la République appartenait au peuple, il se retourne vers M. Loubet qui préside, et face à face, lui dit :

« Ce qu'a dit M. Quesnay de Beaurepaire sur votre rôle dans « le Panama est-il vrai ?

« Je n'ai pas à vous répondre », riposte M. Loubet.

« Panamiste ! Panamiste ! s'écrie Déroulède. — Vous ne pouvez pas être le Président de la République. — Vous ne pouvez « pas représenter la France. »

Les clameurs et les huées des Parlementaires étouffent sa voix. Il descend de la tribune ; on l'entraîne hors de la salle.

Le vote continue, et... M. Loubet est nommé.
Nous l'avons pour sept ans !

Je n'ai pas à insister sur les causes de la solennelle protestation de Déroulède.

M. Quesnay de Beaurepaire, cité comme témoin à cette audience, y a fait, sous la foi du serment, une déposition dont les moindres détails sont encore présents à la mémoire de tous.

Elle sera lue et relue (elle doit l'être) par ceux qui veulent ne pas être trompés !

« Les cris de la foule, a dit Déroulède au juge d'instruction,
« ne m'ont pas grisé. — Ils m'ont décidé ! Je ne pouvais y voir un
« remerciement pour ce que j'avais fait. J'y vis un encourage-
« ment pour ce que j'avais à faire. »

Acclamé à son départ de Versailles, acclamé avec transport à son arrivée à Paris, il quitte la gare Saint-Lazare. — Une foule immense le suit.

Arrivé rue de Rivoli, à la hauteur de la statue de Jeanne d'Arc, il est arrêté dans sa marche par les cris : à l'Élysée ! à l'Élysée !

« Pas aujourd'hui, mes amis ! répond-il. Il y a là-bas un
« mort qu'il faut respecter. Mais, entendez-moi bien : à Jeudi ! »

Le Jeudi, vous le savez, Messieurs, était le jour fixé pour les obsèques de Félix Faure.

Déroulède estime, Messieurs les Jurés, qu'il vous doit, à vous comme à tous, la vérité tout entière, et il vous déclare que, depuis ce moment, pas un mot n'a été dit par lui, pas une démarche faite qui n'eussent pour objet l'œuvre qu'il avait résolu d'accomplir à la date jetée par lui à la foule : Jeudi 23 Février !

Cette œuvre, je n'ai plus à la préciser ; elle s'indique désormais d'elle-même et quant à son but et quant à ses moyens — étant donnés le caractère de l'homme, sa nature chevaleresque, les convictions de toute sa vie, les engagements pris publiquement et tant de fois répétés — étant données surtout les douloureuses déceptions dont, à ses yeux, la France venait d'être victime.

Car, enfin, raisonnons :

Cette élection sur laquelle les partis les plus contraires, les aspirations les plus opposées s'étaient si facilement mis d'accord, que nous promettait-elle, sinon l'inévitable continuation de ce régime qui, deux ou trois jours après, allait être dénoncé par ce cri de détresse échappé au patriotisme de républicains sincères — écho, nous ont-ils dit (encore une fois, ce sont leurs propres paroles !) — écho « *du peuple,*
« *du vrai peuple, de celui qui aime éperdument la France.*
« *— Il faut que cela finisse !* »

Eh bien non ! « cela ne finira pas », venaient de répondre, par un véritable défi à la conscience publique, la Chambre et le Sénat ; je me trompe : ni la Chambre, ni le Sénat, mais l'Oligarchie parlementaire, qui domine et entraîne sénateurs et députés !

« *Non cela ne finira pas,* » et la France va reculer pendant sept années encore, lorsque toutes les puissances qui nous entourent marcheront en avant et envahiront le monde.

« *Non, cela ne finira pas,* » et nos finances seront de plus en plus compromises, notre essor de plus en plus comprimé, notre influence de plus en plus dédaignée.

« *Non, cela ne finira pas,* » et nos ministres, pendant sept années encore, continueront, le balancier en main, leurs exercices sur la corde raide.

« *Non, cela ne finira pas,* » et la parabole des sept vaches maigres de l'Écriture servira d'épigraphe à l'histoire de la France pendant les sept années nouvelles qui lui sont promises !

La faute n'en est pas au Chef élu ; il est aujourd'hui ce qu'il était hier, et il n'a pas pris d'autre engagement que d'être demain ce qu'il est aujourd'hui.

La faute en est à la Constitution, telle que la pratique le Parlementarisme ; la faute en est à cette Oligarchie parlementaire, à ces Féodaux de la République qui, en supprimant dans l'État tout autre pouvoir que le leur, ont livré la France aux pires aveuglements et aux plus détestables aventures.

C'est donc contre la Constitution de 1875, c'est contre le Parlementarisme qu'il faut se lever ; c'est lui qu'il faut renverser, non la République, innocente des maux sous le poids desquels, aux yeux de Déroulède, elle finirait elle-même par succomber.

Et alors, suivez-le, le soir même du 18 Février, au café des Princes, où, après avoir entendu l'exposé nouveau de ses résolutions, François Coppée — non un révolutionnaire, celui-là, non un conspirateur — l'embrasse, au milieu des acclamations de l'Assemblée.

Suivez-le, le 21, à la salle Charras — le 22, au siège de la ligue des Patriotes : Partout, vous entendrez sa voix enflammée jeter à tous l'aveu non déguisé de ses projets, l'annonce du mouvement en avant, dont les obsèques de Félix Faure et la couronne à déposer, au nom de la Ligue, sur le cercueil de son ancien vice-président, vont être l'occasion.

Écoutez-le plus particulièrement à la Ligue, où il s'écrie :

« Si vous avez confiance en moi, ne me demandez pas ce que

« j'ai fait, ni ce que je veux faire — ne me demandez rien ! Soyez « seulement demain Jeudi, à 2 heures, place de la Bastille, où « vous retrouverez Marcel Habert. »

« *Ne me demandez rien !* » — C'est qu'il ne pouvait rien dire, en effet, sans trahir des secrets qu'en face de la mort même il aurait gardés inviolés. — C'est qu'il ne pouvait pas dire l'emploi du temps que lui avaient laissé ses harangues populaires. — C'est qu'il ne pouvait pas dire ce que, depuis plusieurs mois et jusqu'à la dernière heure, il avait demandé et ce qu'on lui avait répondu. — C'est qu'il ne pouvait pas avouer que, dans le premier effort, il entendait être seul, ou presque seul, n'engager, comme il l'a fait d'ailleurs, que sa propre responsabilité, sauf à d'autres, le mouvement en avant une fois réalisé, à engager irrévocablement la leur.

« *Ne me demandez rien !* » Ils n'ont rien demandé en effet, et ils sont venus !

J'arrive à la journée du 23 Février.

N'en attendez pas de moi, Messieurs, un récit détaillé. Il suffit à ma cause de la résumer dans ses lignes principales, afin de conserver à chacune des parties de ce débat son véritable caractère, et afin aussi que rien ne reste dans l'ombre pour MM. les Jurés.

La cérémonie des obsèques est terminée ; les troupes reviennent.

A ce moment, par suite du refus notifié la veille à Déroulède de donner à la Ligue, dans le cortège, la place qu'on lui avait précédemment promise, l'emplacement des contingents convoqués avait été modifié comme suit :

Partie, place de la Nation où devait avoir lieu la dislocation des troupes. — Partie, place de la Bastille où devait se produire le reflux de la place de la Nation. — Partie, enfin, à l'Hôtel de Ville où aurait lieu la réunion générale pour marquer de là le mouvement sur le faubourg Saint-Honoré.

« Comment saviez-vous, a demandé M. le Juge d'instruction « à Déroulède, que la dislocation se ferait place de la Nation ? »

« Mon devoir serait de répondre par un mensonge, dit le prévenu ; j'aime mieux ne rien dire. »

Il est 4 heures 1/2 environ. On entend une musique militaire : c'est une brigade qui rentre, son général en tête, derrière les sapeurs.

Déroulède, prévenu, sort de la maison où il s'était dissimulé jusque là et, suivi des siens, il marche droit au général.

C'était le général Roget !

« Attendiez-vous spécialement le général Roget ? lui a demandé « le juge d'instruction. »

« Comment aurais-je attendu le général Roget ? Je le croyais « de garde à l'Élysée. — Mais je m'imaginais qu'un général, quel « qu'il fût, indigné comme moi des outrages faits à l'armée, « souffrant comme moi du mal fait à la France, comprendrait le « langage que j'allais lui tenir, les appels de la foule, et je pen- « sais qu'il suffirait de lui faire entrevoir la possibilité d'un « Quatre septembre militaire et d'une délivrance pour l'en- « traîner. »

Alors Déroulède se plaçant à la tête du cheval qu'il arrête par la bride et s'adressant au général Roget, le supplie d'avoir pitié de la Nation et de la Patrie, de sauver la France et la République.

« Suivez-moi, général, place de la Bastille, à l'Hôtel de Ville, « à l'Elysée. Des amis nous attendent. Ce sera un Quatre sep- « tembre militaire, sans effusion de sang. »

Ce fut, dit Déroulède, une brève adjuration plutôt qu'un discours.

Le général n'a pas nié la réalité de ces paroles. Mais il déclare que les cris poussés autour de lui l'ont empêché de les entendre distinctement : « *C'est possible*, a dit Dérou-« lède, *et puisque le général l'affirme : c'est certain !* »

Dans tous les cas, il en avait entendu assez pour comprendre la situation et répondre énergiquement à Déroulède : « *On ne me fait pas faire ce qu'on veut*, » et il se dégagea.

Vais-je vous dire maintenant les hommes de Déroulède cherchant à encadrer la brigade ? l'effort tenté pour faire prendre à la troupe la direction de la Bastille ? la contrariété des ordres donnés à ce moment aux manifestants ? le général indiquant de la pointe de son épée la direction de la caserne ? la brigade y rentrant après une violente poussée à la grille, et un groupe de manifestants pénétrant dans la cour à sa suite ?

Que vous importerait la réédition de ces détails, à vous, Messieurs les Jurés, qui, vous le savez, n'avez pas à juger la matérialité de faits d'ailleurs reconnus et au delà par les accusés, mais à déclarer la culpabilité de leurs auteurs ou à les innocenter ?

Quant à Déroulède, que vous voudrez suivre jusqu'au bout, écoutez la déposition du capitaine Morris, vous le montrant pris d'un mouvement de désespoir, se retournant encore une fois vers le général, lui renouvelant les mêmes adjurations, saisissant encore la bride de son cheval, et le général ne lui faisant lâcher prise qu'en le frappant de son épée sur le bras.

Le voici à son tour dans la cour de la caserne, où le même témoin nous le montre allant et venant fiévreusement, s'éloignant et se rapprochant successivement de la porte d'entrée, adressant tantôt aux soldats, tantôt aux manifestants des propos que le capitaine déclare d'ailleurs ne pouvoir reproduire, ne les ayant pas saisis.

Déroulède s'adresse aussi aux officiers : « *Vis-à-vis* « *d'eux*, a-t-il dit, *j'ai laissé éclater ma colère et mon déses-* « *poir en termes violents et sans doute injustes.* »

Les grandes grilles étaient d'ailleurs depuis longtemps fermées et les rangs étaient rompus.

Finalement, Déroulède se retourne vers les manifestants qui attendent sa sortie : « *Il faut vous retirer ; la discipline* « *l'exige. Dites à nos amis que je suis arrêté, mais par* « *l'armée.* »

La foule obéit docilement.

Déroulède fut alors conduit sous escorte, avec Marcel Habert, à la salle d'honneur du 82e, en attendant les ordres demandés.

L'accusation a cru pouvoir trouver dans les derniers incidents de la journée les éléments d'un délit nouveau et distinct : celui de provocation à des militaires pour les détourner de leurs devoirs et de l'obéissance qu'ils doivent à leurs chefs.

Déroulède a protesté énergiquement contre cette inculpation, qu'il estime injurieuse au premier chef, eu égard à son caractère et à sa vie tout entière.

Pour moi, j'entends la négliger ici, et cela pour deux raisons : la première, c'est que mes excellents confrères, mes amis Reullier et Bertrou, vous en démontreront bientôt l'inanité ; — la seconde, c'est que j'ai foi dans la fermeté du Jury autant que dans ses lumières, et que pas un de vous, Messieurs, ne pensera à répondre affirmativement à une question qui semble n'avoir été placée là que pour masquer la déroute prévue de l'accusation principale et peut-être aussi pour justifier trois mois de prison préventive injustifiables.

C'en était donc fait du succès espéré. — La journée finissait pour Déroulède dans le désespoir !

Il quitta du moins la partie en beau joueur : à peine entré dans la salle d'honneur du 82e, il demanda, sous prétexte de froid, qu'on allumât le poêle, ce qui fut fait sans difficulté.

Puis, resté seul avec Marcel Habert, il brûla immédiatement tous les papiers dont il était porteur.

« J'ai tenu, a-t-il dit à M. le Juge d'instruction, à être arrêté « dans la caserne, parce que j'aimais mieux être arrêté par des « soldats. Et puis, j'avais des papiers et des lettres que je tenais « à faire disparaître avant d'être dans les mains de la police. « J'étais sûr que mes camarades de l'armée ne me fouilleraient « pas, et j'étais du reste résolu, s'il le fallait, à me confier à l'un « d'entre eux, pris au hasard. Je n'ai, Dieu merci ! pas eu besoin « de recourir à personne. J'ai pu brûler ces papiers dans le poêle « de la salle où nous avions été enfermés. »

— « Pouvez-vous nous dire ce qu'étaient ces papiers? « demanda M. le Juge d'instruction. »

— « Pourquoi non? C'étaient des papiers de diverse na- « ture, des proclamations, des lettres à des hommes poli- « tiques, etc... »

— « Vous vous croyiez donc sûr de l'appui de certaines per- « sonnalités politiques ? », lui est-il demandé.

— « Certainement oui ! répond Déroulède. — Ne s'agissait-il « pas de purifier la République et de sauver la France ? »

Ainsi, tout a été brûlé ; tout a disparu ! Les perquisitions multipliées depuis chez tous les hommes et dans tous les groupes suspects d'indépendance n'ont rien livré. — Rien n'est donc venu troubler le silence qu'avait voulu Déroulède.....

Mais, par contre, que ceux qui savent la vérité descendent dans leur conscience et qu'ils s'inclinent devant ce Magnanime !

*
* *

Je vous ai dit en commençant, Messieurs les Jurés, que la vie de Paul Déroulède s'offrirait à vos regards dans le cadre d'une remarquable unité.

Arrêtons-nous donc un instant ici, si vous le permettez (j'approche d'ailleurs de la fin de ma tâche), et maintenant que vous connaissez l'homme tout entier, demandez-vous à quel jour, à quelle heure, ce front, toujours tourné vers la grande lumière, s'est voilé au contact des basses ombres qui nous enveloppent — à quel jour, à quelle heure, soldat, poète, l'épée ou la plume à la main — député à la tribune de la Chambre, tribun sur la place publique, Déroulède a interrompu son hymne à la Patrie, le glorieux *sursum corda*, le *haut les cœurs* ! des croyants et des forts...

Et cependant, depuis bien des années, quels sarcasmes, il faut le dire, quelles ironies lui ont été épargnés par ceux qui le redoutent ! Depuis trois mois, notamment, que de critiques et de dérisions !

Vous les dédaignez, mon ami, je le sais ! Mais ceux qui vous aiment et vous admirent — ils sont nombreux ceux-là ! — ne peuvent imiter votre indifférence, et comme les attaques dont vous êtes l'objet sont peut-être venues jusqu'aux oreilles de vos juges, à moi d'y répondre dans la plénitude de mon indépendance et de mon dévouement, et avec la conviction profonde que, s'il y avait beaucoup d'hommes comme vous, la France ne serait pas, comme elle l'est aujourd'hui, la proie des méchants ; Pourquoi n'ajouterais-je pas, la victime des résignés et des faibles.

N'a-t-on pas essayé de faire de Déroulède un ambitieux vulgaire, exagérant à plaisir son importance et son rôle pour conquérir une place qui ne saurait lui appartenir ? C'est une fantaisie qu'un de nos virtuoses politiques en renom a récemment exécutée, un jour d'agapes, dans la Haute-Loire, en la ville du Puy :

« La République, a-t-il dit, n'a rien à redouter des préten-
« tions factieuses de certaines individualités qui rêvent de chi-
« mériques plébiscites ou de vaines restaurations. — Libre à ces
« individualités de grossir leur rôle et de grandir leur person-
« nage. Le pays ne se laissera pas prendre à ces gestes et à ces
« attitudes, et quelles que soient les épaules sur lesquelles se
« dessine en lignes indécises et fuyantes le manteau de la
« dictature ou de la monarchie, il juge les épaules trop faibles et
« le manteau suranné. »

Vous avez raison en un point, Monsieur le Président du Conseil. — La veste est, en effet, un vêtement qui sied mieux à certaines épaules...

Mais pourquoi donc avoir fait de Déroulède un ambitieux, un dictateur ? Ce n'est plus Déroulède, vous le savez bien, vous tout le premier !

A vingt ans, il écrivait :

« Je ne suis, moi, qu'un sonneur de clairon. »

Depuis, les événements ont marché, il est vrai, et sa part de responsabilité, par la volonté de ses concitoyens, est devenue plus lourde.

Mais, suivez-le : Quand il s'attachait à Gambetta, quand il s'indignait contre son renversement par la Chambre, quand il pleurait sa mort, Déroulède avait-il gardé pour lui-même une seule de ses pensées, une seule de ses aspirations, un seul de ses rêves ? Ne lui avait-il pas tout donné ?

« Le Ralliement, c'est toi. »

Quand, plus tard, il se rattacha à Boulanger, ce qu'il lui dit, vous le rappelez-vous, Messieurs les Jurés ?

« Un homme qui sert sa cause comme je sers la mienne depuis « vingt ans ne peut être suspecté d'ambition personnelle : je « n'ai qu'une ambition nationale. Je cherche le bien du peuple, « et je ne vois que vous qui puissiez le lui donner en ce « moment. »

Enfin, quand, au mois de mars dernier, M. le Juge d'instruction lui disait :

« Quel rôle auriez-vous donc joué, si ce projet insurrectionnel « avait réussi ? »

N'oubliez pas sa réponse :

« Mon œuvre accomplie, je laissais à d'autres le gouverne- « ment de l'État. Je ne suis qu'un tribun du peuple. »

Il ne faut pas toutefois, parlant au nom d'un homme dont la loyauté est et doit rester au-dessus du plus léger soupçon, qu'un mot serve de prétexte à une équivoque.

Je m'explique :

Déroulède est à l'heure actuelle et depuis longtemps déjà un des hommes les plus en vue de cette génération à laquelle appartient aujourd'hui l'avenir ; étranger à tout parti ; incapable d'aucune compromission ; intraitable pour ceux qu'il méprise ; bon, généreux et dévoué jusqu'à l'abnégation pour les autres ; intelligent et laborieux entre tous ; écrivain, orateur ! Ajoutez à cela la puissance que donnent une volonté et une énergie que rien ne lasse, le prestige, si grand en France, d'un courage que rien n'émeut.

— Et vous comprendrez la popularité à laquelle il s'est élevé par ses seuls mérites et que personne ne songe à lui disputer.

J'ignore ce que la Providence réserve à tant de qualités et tant de forces réunies sur une seule tête ! Mais, en regardant autour de moi, je cherche, sans le trouver, l'homme qui pourrait, à un moment donné, prendre sa place et son rôle. — Rôle de Libérateur et de Réformateur ! Mais rôle d'Usurpateur, jamais !

Je sais qu'en parlant ainsi, je froisse plus d'une opinion. — Il en est, en effet, qui, se complaisant à proclamer hautement les qualités supérieures de Déroulède, croient devoir à leur propre sagesse de condamner ses actes et affectent de sourire du vain effort tenté le 23 Février.

Quoi ! disent-ils, venir seul ou presque seul place de la Nation... Espérer, avec les quelques centaines d'adhérents qui l'entourent, entraîner une brigade tout entière. Compter sur l'armée sans s'être assuré, dans ses rangs, un concours, disons le mot, une complicité nécessaire... C'est acte de pure folie !

A ceux-là, je veux tout d'abord répondre par une question. S'il avait réussi, qu'auriez-vous dit ? Qu'auriez-vous fait ? Ne me dites pas, en vous dérobant : « *Mais le succès* « *était impossible !* » — Vous vous tromperiez d'abord : la pointe de l'épée du général s'écartant de quelques centimètres, tout changeait. — Et puis notre histoire n'est-elle pas là pour nous dire qu'en matière de révolution tout est possible ?

L'impossibilité du succès !... Mais c'est l'argument inévitable et banal de tout gouvernement menacé. Il se doit à lui-même de paraître invulnérable. « *L'ordre, j'en réponds !* » est une formule qu'un régime a pu s'approprier, mais qui appartient à tous les régimes, quels qu'ils soient, tant qu'ils ne sont pas à terre. Demandez plutôt à M. le Président du

Conseil s'il n'est pas prêt à dire à son tour : « *Ma Répu-* « *blique, j'en réponds !* » Et pourtant...

Quant à la réponse que les détracteurs de Déroulède ne sauraient faire à ma question la voici :

S'il avait réussi, le lendemain vous l'auriez entouré, soutenu, remercié !

A une époque déjà lointaine (c'était en 1840, je crois), Berryer, notre grand Berryer, défenseur du prince Louis-Napoléon Bonaparte, au lendemain de sa tentative de Boulogne, répondant à M. le Procureur général d'alors, qui, lui aussi, avait parlé « *de la faiblesse* « *des moyens employés par le Prince, de la pauvreté de* « *l'Entreprise, du ridicule de l'espérance d'un succès,* » sommait la Chambre des Pairs de dire si elle aurait répudié le Prince et sa tentative, en cas de réussite. Les Pairs ont répondu en condamnant. Mais douze ans après, un coup d'État réussi les ramenait à l'Élysée, puis aux Tuileries.

En politique, le succès est tout.

Mais je veux aller plus loin, et je demande à quel titre on prétendrait que Déroulède était seul, ou presque seul, le 23 Février.

Est-ce parce qu'en brûlant les papiers, confidents de ses résolutions, il a voulu que le silence se fît sur tout autre nom que le sien ?

Est-ce parce qu'il n'avait voulu personne à ses côtés lors de son arrestation, et que sans l'admirable dévouement de Marcel Habert qui n'a pas consenti à se séparer de lui, se disant coupable au même titre que Déroulède, si Déroulède était coupable, il aurait été seul à supporter les tristesses, les déceptions et la solitude des mois qui viennent de s'écouler ?

Est-ce parce que, semblant obéir à un mot d'ordre, les témoins entendus, sapeurs, soldats, officiers, ont parlé d'un petit groupe de 200 Ligueurs entourant Déroulède? Unanimité pour le moins étrange, s'agissant de reconnaître 200 inconnus, sans signes distinctifs, au milieu d'une foule compacte et hurlante! Étrange perspicacité des sapeurs notamment, qui, marchant en tête et obligés par les règlements militaires de regarder fixement devant eux, ont pu voir et compter les manifestants qui, comme le général, étaient en arrière!

Mais j'ai mieux à répondre :

Étaient-ils donc seulement 200 ceux qui acclamaient Déroulède à Versailles et à Paris, après le vote du 18 Février?

Étaient-ils seulement 200 ceux que M. le Président de la République a pu, mieux que les sapeurs, voir et compter du fond du landau qui le ramenait à l'Élysée?

Étaient-ils seulement 200 ceux qui ont accompagné Déroulède le même jour jusqu'à la rue de Rivoli et qui l'ont suivi, les jours suivants, aux réunions où la date du 23 leur a été indiquée pour l'action?

Et puis, à qui fera-t-on croire que Déroulède, aussi ardent de corps que d'esprit — athlète toujours prêt à la lutte, qu'elle s'offre à lui sur le champ de bataille ou au pied de la Tribune parlementaire, ou sur la Place publique, au milieu du tumulte et du grondement des foules — que Déroulède qui a pu justement écrire dans « *La mort de Hoche* », comme s'il parlait de lui-même : « *Je me suis promis ; je me dois.* » et qui comptait acquitter sa dette le 23 Février — à qui fera-t-on croire que Déroulède soit sorti ce jour-là pour aller seul, ou presque seul, attendre place de la Nation des régiments fatigués ; s'adresser à un général pour lui demander de sauver la France et la République, et quand ce général aura refusé de le suivre, dire à quelques amis, deux cents environ : « *Allez-vous-en ; la discipline* « *l'exige!* »

Allons, allons! Nous le sentons bien tous : il y a derrière

les événements de cette journée toute autre chose que ce récit fantaisiste, fait tout au plus pour amuser des enfants ou des badauds, et qui fait trop bien le jeu du Gouvernement, pour ne pas être réputé son œuvre.

Ah ! qu'on dise, si l'on veut, qu'il y a eu disproportion flagrante entre le but à atteindre et les moyens apparents ! Qu'on suppose que la rapidité et l'imprévu des événements qui se sont succédé, depuis l'instant où Félix Faure a disparu subitement de la scène du monde, ont forcément hâté les résolutions et compromis ainsi le succès espéré ! Qu'on fasse semblant d'oublier que le Gouvernement, sachant par Déroulède lui-même le jour, l'heure et la nature de ses résolutions, a pris nécessairement ses précautions et changé les ordres et les dispositions précédemment arrêtés ! Qu'on affirme avec hardiesse qu'aucune défaillance ne s'est produite ! Qu'on triomphe du silence de Déroulède et de l'isolement dans lequel il a voulu s'enfermer ! Qu'on répète à l'envi cette légende ridicule que ses projets n'étaient connus que de lui, que tout le monde autour de lui a été impeccable, soit ! Qu'enfin l'armée, après tant d'insultes et tant d'outrages, soit remerciée et félicitée par ceux-là même qui ne l'ont pas défendue et qu'elle venait de sauver une fois de plus, soit encore ! Mais Déroulède n'en sera pas atteint. Loin d'être diminué, il grandira encore aux yeux des hommes qui réfléchissent, comprennent et comparent : « *J'avais à choisir*, nous a-t-il dit avant-hier, *entre* « *la délation et le ridicule ; j'ai préféré le ridicule !* »

Enfin, s'il a commis une erreur, en s'imaginant qu'un général, quel qu'il fût, ressentirait comme lui les outrages faits à l'armée et souffrirait comme lui du mal fait à la France, ces hommes-là lui pardonneront son erreur, en s'avouant à eux-mêmes qu'à sa place, et avec son passé, ils l'eussent peut-être commise, eux aussi.

Or, ces hommes, Messieurs, je les connais ; ce sont ceux devant lesquels j'ai l'honneur de parler ; ce sont mes juges !....

Un mot encore et j'ai fini :

Un de nos écrivains célèbres, Renan, disait un jour à Déroulède, après l'avoir mélancoliquement écouté : « *Jeune « homme! jeune homme! la France se meurt ; ne trou- « blez pas son agonie!* »

Eh bien, Messieurs les Jurés, c'est contre cette agonie de la France, agonie faite de défaillances et de lâchetés de cœur, de malversations, de tripotages et de trahisons, que la vie tout entière de Déroulède a protesté.

Dès la première heure, il s'est proposé un idéal dont il a cru, dont il croit fermement encore qu'on peut faire une réalité : le Relèvement de la France!

Il lui a tout consacré, sa vie, sa fortune, sa liberté...

Sa vie, il la lui a offerte sur tous les champs de bataille qu'il a plu à la Providence de placer sur son chemin, et combien de fois ailleurs, quand il a cru qu'il devait l'offrir en sacrifice à l'accomplissement d'un devoir. — Sa vie, elle est tout entière à la France!

Sa fortune, il la lui a donnée sans réserves.

Sa liberté, elle est dans vos mains aujourd'hui, Messieurs les Jurés, après trois mois de détention. — Qu'allez-vous en faire? Ah! je vous en supplie : n'y touchez pas, même d'une main légère.

Ce n'est pas au nom de Déroulède que je vous adresse cette prière ; il ne s'est jamais demandé quelle peine pouvait l'atteindre, et je croirais lui faire injure si je vous en parlais.

Mes préoccupations sont plus dignes de lui, et en vous disant : « Ne le frappez pas ! » je songe à notre bon renom de Français, à notre dignité, au respect de nous-mêmes.

Vous avez vu quels hommes lui font cortège à cette audience : dans l'armée, les Hervé, les Lanes, les de Monard ; dans les lettres, François Coppée, Jules Lemaître, de Vogué, Paul Bourget, Henri Houssaye, le prince Bibesco ; dans les arts, Carolus Duran, Detaille.

Vous n'avez pas oublié Paul Bourget vous disant : « *Voilà vingt ans que je m'honore d'être l'ami personnel* « *de ce parfait galant homme ; et, si je n'ai jamais par-* « *tagé sa foi républicaine et démocratique, j'ai toujours* « *éprouvé devant la sincérité, la simplicité, la ferveur de* « *son patriotisme, ce respect ému qu'inspire toute grande* « *chose humaine..... Ceux-là même qui qualifieraient sévè-* « *rement l'acte dont il vient répondre aujourd'hui, sont* « *bien forcés de reconnaître que, s'ils traitent cet acte de* « *crime, c'est du moins au suprême degré ce que l'on est* « *convenu d'appeler un crime passionnel. — Et quelle* « *passion mérite plus d'être excusée dans ses excès que* « *celle dont ce poète-soldat a toujours été dévoré, la passion* « *de la Patrie !* »

Vous entendez encore François Coppée : « *C'est le cœur* « *même du peuple français qui bat dans la poitrine de* « *Déroulède... Je suis vieux, Messieurs les Jurés ! Mais faites* « *qu'avant de mourir, je n'aie pas la douleur de voir un* « *jury français condamner le meilleur, le plus loyal des* « *Français.* »

Vous donnerez raison, Messieurs les Jurés, à de telles sympathies, à de si généreuses admirations ! — Vous avez à accomplir aujourd'hui un devoir de haute justice ; vous n'y faillirez pas ! — Les temps dans lesquels nous vivons deviennent plus redoutables chaque jour ; les événements qui se pressent autour de nous font penser aux nuages précurseurs de la tempête ! Que les bons Français ne se dispersent pas ; qu'ils se groupent au contraire, inébranlablement attachés à ce qui fit jadis la grandeur de la France : le culte de l'honneur, l'amour de la Patrie... Quand même !

Répondez non aux questions qui vont vous être posées, et ne jetez pas à la conscience publique, devant l'Étranger qui nous regarde et nous écoute, l'ironique défi d'une condamnation contre Déroulède, à l'heure même où tant d'efforts sont tentés pour innocenter, que dis-je ? pour glorifier bientôt ce que nous avons encore le droit d'appeler la trahison !

MACON, PROTAT FRÈRES, IMPRIMEURS

www.ingramcontent.com/pod-product-compliance
Ingram Content Group UK Ltd.
Pitfield, Milton Keynes, MK11 3LW, UK
UKHW020959180726
13838UKWH00003B/1388

9 782329 362892